As maravilhas

Elena Medel

As maravilhas

tradução
Rubia Goldoni

todavia

Clearly money has something to do with life

Philip Larkin

O dia: Madri, 2018 **9**
A casa: Córdoba, 1969 **19**
O reino: Córdoba, 1998 **35**
A temperança: Madri, 1975 **54**
O enforcado: Córdoba, 1999 **71**
A batalha: Madri, 1982 **86**
O sonho: Madri, 2008 **106**
A abundância: Madri, 1984 **125**
A beleza: Madri, 2015 **143**
A alegria: Madri, 1998 **163**
A noite: Madri, 2018 **181**

O dia

Madri, 2018

Vasculha os bolsos e não encontra nada. Vazios os da calça, também os do casaco: nem sequer um lenço de papel úmido, amassado. Na bolsa, apenas uma nota de um euro e uma moeda de vinte centavos. Alicia não vai precisar de dinheiro até a troca de turno, mas a sensação de não ter quase nada a incomoda. Eu trabalho na estação de trem, na lojinha de sanduíches e guloseimas que fica perto dos banheiros: é assim que ela costuma se apresentar. Teria que pagar taxa nos caixas eletrônicos da Atocha, por isso desce uma estação de metrô antes para sacar numa agência do seu banco vinte euros que a deixem um pouco mais tranquila. Com uma única nota no bolso, Alicia observa a praça quase deserta, os poucos carros e os poucos pedestres. Mais alguns minutos, e o dia vai clarear. Quando pode escolher, Alicia sempre prefere trabalhar de tarde: não precisa acordar cedo, pode passar a tarde na loja e voltar direto para casa. Nando reclama nessas semanas, na verdade, em quase todas; ela se desculpa dizendo que foi uma colega que pediu: tem dois filhos pequenos e para ela o turno da manhã é melhor. Assim fica livre nas primeiras horas do dia e evita as tardes no bar com os amigos dele — que também são os dela, por força da rotina —, as *tapas* baratas, os bebês entre guardanapos sujos. Alicia achava que a maternidade alheia acabaria com esse hábito, mas as mães se ausentam do bar até as crianças pegarem no sono, às vezes voltam se têm certeza de que dormem profundamente, e Nando se aborrece se ela tenta pular o ritual. Me dê pelo menos isso, pede. "Isso" às vezes significa passar a tarde no bar da esquina; outras, acompanhá-lo no passeio cicloturístico da temporada. Ele pedala, e ela segue de carro com as outras mulheres. Alicia considera que a palavra "esposa" antigamente era mais exata porque também significava "algema": durante esses fins de semana, a pele dos seus pulsos incomoda, como que irritada pelo atrito do metal. De noite, no albergue — os lençóis muito ásperos —, Nando morde os lábios e tapa sua boca para evitar que o barulho os delate, e quando acaba pergunta por que ela sempre evita essas viagens, se lhe fazem tão bem.

E assim, dia após noite após dia após noite após dia: um dia idêntico ao outro, sem uma única manhã em que Alicia finja estar doente e resolva passear pela cidade, sem uma noite em que o pesadelo de sempre não ocorra em sua cabeça. Seus patrões — teve vários, todos homens, no início um pouco mais velhos que ela, agora alguns anos mais jovens, com a camisa dentro da calça — ficam surpresos por ela continuar há tantos anos no mesmo emprego; alguns lhe perguntam se não enjoa de vender pacotinhos para viagem, e Alicia então responde que se sente feliz — o que valorizam de modo especial, reconfortados por sua alegria, a da vendedora de chocolates, como é mesmo seu nome, garota? Patricia? — e que para ela está de bom tamanho. Uma vez um deles perguntou se não tinha sonhos: nem queira saber, ela disse, e pensou no homem que manca, no seu corpo morto rolando, mas o patrão imaginou que em sua cabeça desfilavam apartamentos de luxo no centro da cidade, meses de férias em praias paradisíacas.

Alicia opta pelo turno da manhã ou da tarde sem alterar seus hábitos: quando trabalha de manhã, à tarde passa para buscar Nando ou espera que ele a avise para descer com um toque de campainha, e os dois se encontram no bar enquanto os filhos dos outros choram; quando trabalha de tarde, aproveita o tempo em atividades mais agradáveis. Em algumas manhãs passa um pouco de maquiagem — nunca sabe muito bem o que destacar: com os anos foi acumulando gordura nos quadris e nas coxas, mas continua com os olhos de rato que herdou da mãe, que a mãe tinha herdado do pai, ou pelo menos era o que o tio Chico lamentava —, caminha até bairros onde Nando nunca vai pisar, finge estar muito compenetrada enquanto toma um café num bar em que a cozinheira ainda não chegou ou diante da vitrine de um açougue prestes a fechar. No início ela se segurava quando Nando estava na cidade, por medo de que ele descobrisse, até que um dia aconteceu: ao tratar de umas burocracias na Previdência Social, um sujeito na sala de espera teimou em lhe contar o romance que estava lendo. Alicia sente cada vez mais vergonha do próprio corpo, portanto não deixou escapar a oportunidade.

A praça da estação Atocha quase deserta, os poucos carros e os poucos pedestres: mais alguns minutos, e o dia vai clarear. Na Cuesta de Moyano, as bancas com as persianas baixadas, alguns vultos arroxeados — ela as distingue de longe, as mulheres — empilhando cartazes perto do carrossel. Escutou alguma coisa sobre o dia de hoje na televisão, mas logo se distrai, o farol fica verde, ela atravessa até a entrada da estação, pensando em assuntos que lhe interessam um pouco mais.

María dorme bem, como uma pedra. Quando se aposentou, guardou o despertador em um saco plástico e o deixou na prateleira de trocas da associação, para quem precisasse dele. Já fazia anos que não o usava — ela o substituiu, como todo mundo, pelo alarme do celular —, mas achou que era um gesto simbólico, próprio de uma história que estivesse acontecendo com outra pessoa: agora que não vou mais usar o relógio, pensou, que ele seja útil para alguém que precise madrugar, e assim o objeto fará parte de outra história em que alguém sai de casa antes do amanhecer. Ela quase sempre acorda sozinha: fica incomodada com a luz que atravessa a persiana, com o barulho do chuveiro no vizinho. Há meses que elas estão organizando esse dia. Ontem à noite, María recebeu um WhatsApp de uma amiga: "Não acredito que chegou". Nas assembleias e reuniões, María tempera o entusiasmo das jovens: vivi minha vida inteira, os setenta anos que vou completar daqui a pouco, para acordar hoje, ir ao encontro de vocês, caminhar com vocês. Na associação, ela escuta: pode ser greve de trabalho, pode ser greve de consumo, pode ser greve de cuidados. Que cada uma escolha a forma que achar melhor, porque tudo é válido, e não estamos aqui para distribuir carteirinhas de feminista. Meu marido não vai gostar nem um pouco quando não achar a mesa posta com seu prato de comida. Então deixe uma marmitinha de ensopado, Amália, e ele que esquente. Será que nem isso ele sabe fazer? Semana que vem, curso de micro-ondas, nível básico. Eu vou trabalhar porque não posso perder um dia de salário, mas à noite me junto a vocês na praça da Atocha. E cuidar de si mesma pode? Porque antes de ir lá quero me enfiar na banheira até ficar que nem uma uva-passa. Claro que pode, hoje é cuidar de você e das outras.

Ontem à tarde se encontraram na associação: algumas prepararam sanduíches para aquelas que hoje foram à rua para dar informação às mulheres na saída do supermercado ou na entrada do trabalho; outras descartaram os piquetes, mas iriam até a sede na primeira hora para comentar o que estava acontecendo em outras cidades, na sua própria. Escutar o rádio fura a greve? Ficar na internet fura a greve? Tiraram o papel-alumínio que embrulhava uma fôrma e dividiram um bolo. Tinham assado empanadas, as meninas prepararam homus e guacamole, uma das veteranas enfiou a colher na tigela de barro, como se fosse sopa ou um creme: não é assim que se come homus, as garotas falaram rindo. Ela achou aquilo moderno demais e pensou na mãe, que viveu a guerra e não teria desperdiçado a comida desse jeito: mas vocês são de onde, do delta do Nilo ou de Carabanchel? Aqui em Carabanchel, o grão-de-bico é para o ensopado. Enquanto recheavam o pão de fôrma com salame e salsichão, cortavam em triângulos, embrulhavam em filme plástico e guardavam os sanduíches na geladeira para distribuir no dia seguinte, María enumerava as greves e manifestações de que não participou: as dos anos 70 com Suárez, a de antes das eleições e a depois, a do Não à Otan, a de 1985 contra os cortes na aposentadoria, a greve de 1988 e as duas dos anos 90, as do Iraque e a do Não à Guerra, a de 2010, as duas de 2012 — a que foi feita aqui contra Rajoy, e a europeia —, a do Trem da Liberdade em favor do aborto. Mas das Marés, lembra uma das garotas, já universitária, das manifestações da Maré Verde você participou, e María comenta que numa delas uma jornalista lhe perguntou se estava ali pela neta, apontando para a filha de uma amiga, e ela, sem saber o que dizer, respondeu que sim, que era por causa da neta e de todas as amigas da neta, e as meninas do grupo jovem da associação acenaram para a câmera, sem desmentir que ela fosse sangue do seu sangue. María pronunciava com familiaridade os nomes e sobrenomes daqueles que faziam parte da sua biografia — Felipe, Boyer, Aznar — e que nunca saberiam nada sobre uma mulher de setenta e tantos anos que tinha emigrado para Carabanchel, vinda de um bairro em vias de construção numa cidade do Sul; uma ministra de Zapatero deu um prêmio às mulheres da associação, mas ela não foi recebê-lo. A cerimônia de entrega era de manhã, e ela não conseguiu dispensa do trabalho.

Nando sempre lhe pede, me dê pelo menos isso, Alicia. "Isso" já não é o casamento, ao que Alicia dobrou-se porque lhe garantia aquele apartamento triste num bairro triste, nem os filhos; Nando aceitou — ou quase — que nunca nascerão. "Isso" é o que seu marido às vezes lhe impõe disfarçado de fins de semana com o grupo de ciclistas, de belas paisagens em companhia que podia ser melhor, ou de mais alguns dias na praia com a mãe dele, com quem Alicia exerce a saudável prática do silêncio; "isso" também vem disfarçado de noite de sábado na casa de um casal de amigos, ou de um jantar num restaurante do bairro. Alicia se meteu nisto — "isto", não "isso": Nando, morar com Nando, casar-se e adaptar sua vida à dele —, portanto, sua recusa de ter filhos a obriga a uma concessão cotidiana: se você quer algo, deve oferecer algo em troca, e se você se recusa a fazer algo, deve fazer uma compensação. Alicia ainda está em tempo: e se disser que sim, que tudo bem, e der a sorte de engravidar logo, e daqui um ano acoplarem um berço à cama para ouvir o berreiro bem de perto? Quanto custaria a Alicia perder os quilos que ganhasse na gravidez? Seus patrões a recompensariam por ter passado anos e anos explicando que o hambúrguer não está incluído na promoção, ou vão simplesmente trocá-la por uma garota dez anos mais jovem, que não se importe em ganhar uma miséria, assim como ela? O sutiã encharcado de leite, a barriga flácida. Teria que pensar em outra estratégia para quebrar o gelo, porque Alicia já aceita homens muito velhos ou idiotas, na falta de coisa melhor, mas teme que nem mesmo esses tipos tolerem seu corpo de mãe: um corpo de mãe não é um grande prêmio para homem algum. Seu corpo de mãe, Alicia consegue imaginá-lo? Como ela pensa que Nando vai encarar seus seios ainda mais caídos, suas coxas tomadas de estrias? Nando deixará de pronunciar seu nome, e quando falar com ela — até mesmo em público — passará a chamá-la de "mãe", como se Alicia tivesse vivido um parto duplo. Antes disso, Nando terá evitado o sexo, por medo de que uma investida possa comprometer o brilhantismo mental da sua prole — mais uma vantagem para Alicia:

que sua transformação de esposa em mãe a proteja do desejo do marido —, e a brindará com chazinhos contra o enjoo dos primeiros meses, com colares mordedores e roupa de amamentação. Alicia pensa num bebê — Alicita, digamos — que não existe, o que lhe permite deleitar-se com a ideia de Alicita, com o que ela imagina que Alicita seria — terá seus olhos de rato ou os olhos de Nando? —, e passeia pelo Google: vestidos para gestantes, blusas de maternidade, seus peitos num desses sutiãs horrorosos. Quem sabe durante a gravidez ela tenha a sorte de Nando se envolver com uma das moças que trabalham na loja, no administrativo — ele costuma falar de várias, simpáticas, muito preparadas: Alicia não se lembra dos nomes —, e a deixe em paz por algum tempo, por vários meses, pelo resto da vida. O que ela faria com Alicita, então, se Alicita existisse e Nando lhe desse uma trégua? A primeira coisa que lhe vem à mente é usar a criança em suas escapadas pela cidade: que um homem a aborde com o pretexto de oferecer ajuda para dobrar o carrinho, que alguma graça para o bebê propicie a conversa na plataforma do metrô. Qual a idade da menina? — Alicita no seu vestidinho de renda cor-de-rosa, com dois brinquinhos de pérola nas orelhas furadas logo que nasceu —, e ela responderá muito animada e inventará alguma história, aproveitando que Alicita não entende nada, nem sofre, nem ouve, só quer saber mesmo de chorar e mamar e cagar e que alguém a limpe: Alicita estacionada ao lado do porta-guarda-chuvas, num apartamento de Palomeras ou de Las Tablas, enquanto sua mãe dá para um desconhecido que depois lhe pede o telefone para voltarem a se encontrar, e que por várias semanas enviará fotos do pau para um professor de matemática em Cartagena, cujo número é quase igual ao de Alicia. Ela não segura a gargalhada, mesmo que os clientes a escutem: e se Alicita guardar alguma imagem, algum som desses encontros? Até o fim da vida, sua filha verá em sonhos um corpo de mulher em cima de um corpo de homem, um corpo de homem em cima de um corpo de mulher, a textura rugosa das paredes de um apartamento que conserva móveis de trinta anos atrás, alguém pedindo para alguém descer, alguém pedindo para alguém subir, de repente, no instante de acordar, Alicita descobrindo seu rosto no rosto da mulher deitada ao lado de um corpo do qual não sabe nada e que a mulher despreza, encharcada de suor, verdadeiramente feliz por um instante.

E nas reuniões de antigamente, você encontrava muitas mulheres, María? A pergunta inocente veio de uma das quase adolescentes, as mãos lambuzadas de gordura vermelha do pulso até a ponta dos dedos; aquelas mãos, tão estragadas desde tão cedo, chamavam a atenção de María, porque via nelas o prenúncio de uma vida em que as mãos seriam mais usadas do que a cabeça. Estava impressionada com o discurso daquela garota — a filha da filha de uma amiga, reconheceu com um orgulho estranho — que, mesmo sendo tão jovem, expunha seu pensamento de forma enérgica, sem deixar de entender a opinião dos outros, e, ao mesmo tempo, María se sentia reconfortada pelo parêntese que lhe permitia voltar à idade daquela garota: não acredito que os homens não te deixavam falar. Eu sempre ia lá com os homens da associação de moradores, explicou María. Comecei a namorar com um deles, cinco ou seis anos depois de vir para Madri. Eu o acompanhava às reuniões que discutiam melhorias para o bairro: naquele tempo eram muitos os lugares complicados, mais do que agora, a droga corria solta, a céu aberto, na porta da minha casa, e não se contentavam em roubar a bolsa, precisavam sempre de mais, e ainda existiam muitos barracos, e mais para a frente ficava a penitenciária. Tínhamos a sensação de que ao sul do rio não existia ninguém: ninguém éramos nós, claro. Comecei a pensar nas coisas que eram discutidas nas reuniões e a anotar alguns nomes de escritores que eram citados pelos colegas da associação e por outros homens que eu via menos, nos bares onde íamos beber. De um escritor eu passava para outro e mais outro, e sempre contava minhas conclusões para aquele homem, meu companheiro, que se chamava Pedro, e as debatia com ele. Na reunião seguinte, ele as apresentava: como é inteligente, parece um intelectual, todos o admiravam. Eu ficava calada, porque tudo aquilo que eu podia dizer soava melhor na voz dele. Comecei a tomar café com algumas mulheres, com a sua avó, com outras amigas, na casa de umas e de outras, na minha também, e conversávamos sobre assuntos mais nossos, coisas pelas quais eles pouco se interessavam: divórcio, aborto, violência, não só física, mas também verbal. Sua mãe começou a me recomendar livros que indicavam no curso, na universidade, e continuei lendo, e percebi que, quanto mais eu pensava por conta própria, mais contrariado o Pedro ficava. Nós, sua mãe e eu, conversamos; conversamos como conversávamos o tempo todo, desde sempre, e resolvemos pedir permissão à associação para montar um grupo de mulheres. Acharam que íamos trocar receitas e roupas que já não nos serviam: com sua mãe, várias companheiras dela chegaram, e começamos a incomodar. A prefeitura nos cedeu um local, mas o tomou de nós assim que reclamamos da falta de luz do parque; com dinheiro daqui e dali alugamos uma sede própria. Naquela época eu me matava de trabalhar: fazia faxina nos escritórios, em Nuevos Ministerios, e almoçava como dava, um sanduíche no metrô ou um prato feito sem sequer me sentar, e uma noite ou outra dava uma escapada para ver o Pedro um momentinho, mas acho que nunca me senti tão feliz. Nem agora, que não madrugo mais, que passo o dia na associação e vejo tantas de vocês ajudando. Aquela foi a primeira vez na minha vida que senti que alguém me escutava e respeitava o que eu dizia. Não como um homem que quisesse me levar para a cama, não como se desligasse e não ouvisse a minha voz, e sim algo distante que ele não identificava, mas como alguém que me compreendia, concordava comigo, achava que valia a pena ouvir o que eu tinha para dizer pelo que que eu tinha para dizer. Chegou uma hora em que tudo aquilo, pensar e dizer, fazer o que dizia, a associação, me pareceu muito mais importante que qualquer coisa que o Pedro pudesse me propor. Ele queria que fôssemos morar juntos, e percebi que aquilo não tinha nada a ver com amor. Eu não era a María, uma pessoa, e sim uma coisa, e uma coisa da qual ele se sentia proprietário: seu apartamento, seu carro, sua esposa. Está vendo esta cicatriz aqui?, pergunta, apontando para um arranhão no queixo que brilha na pele branca, é de um dia em que desci do ônibus às pressas, tropecei, caí, e ele nem ligou. Depois disso, ainda aguentamos mais um ano. Então, não: nunca encontrei mulheres, quer dizer, mulheres como nós. Como assim como nós, María? Mulheres pobres. Até para protestar é preciso ter dinheiro.

A casa

Córdoba, 1969

O bebê cheira a cigarro. A primeira coisa que chama a atenção de María quando pega Carmen no colo é seu cheiro, tão diferente do de outros bebês. A filha da vizinha dos seus tios às vezes cheira a cebola, por mais que a mãe passe colônia nela para disfarçar; já o menino da casa — da casa em que ela trabalha, corrige-se María; não de sua casa, que não existe —, nascido poucos meses antes de sua filha, tem um cheiro doce. María custa a entender — o que significa "um cheiro doce"? — porque não conhecia nada parecido, mas agora o reconhece nas lojas, nos cafés. A filha da vizinha brinca com as panelas à tarde, e o menino vive entre o berço e o moisés na sala; Carmen também percorre a casa a seu modo, entre o quarto e o colo da avó, sentada à mesa grande. María percebe que talvez o cheiro de cigarro tenha a ver com sua família. Sua mãe fuma na cozinha, seu pai fuma o tempo todo, e ela suspeita que seu irmão Chico começou a fumar no quarto, pensando que ali ninguém o descobriria. Carmen cheira a cigarro; talvez María pense que sua filha tenha o cheiro da casa de dois quartos, ou talvez pense apenas em como é estranho estar dormindo ali, com ela.

Há poucas semanas Carmen completou um ano, e esta é a primeira vez que María volta para a casa dos pais desde que foi embora: no ônibus, ensaiou as palavras que usaria para descrever as ruas largas de Madri, ensaiou também a grande volta que daria para não falar dos lugares que os tios lhe pediam para que nem se aproximasse. Tentou conversar com a mulher que viajava na poltrona ao lado, falou do tempo e das diferenças entre as duas cidades — as avenidas, os bairros não recomendáveis —, mas María ouviu de volta balbucios, palavras monossilábicas, algum lugar-comum. Temia o tempo vazio; precisava ocupá-lo de alguma forma. Cochilava um pouco, depois prestava atenção na cor da paisagem que ia mudando: quanto mais ao sul, mais queimava o amarelo áspero da terra. À tarde, enquanto sua filha dorme, María tenta descansar, mas por fim apenas se deita de lado, de olhos abertos, o olhar fixo na respiração de Carmen. Distrai-se reconhecendo seus próprios traços nos da criança. Identificou as mãos delicadas, mas não o queixo largo que tanto a envergonha; o cabelo de Carmen — castanho, como o do pai — quase não cresceu, e o pouco que ela tem é tão fino que María evita lhe acariciar a cabeça, temendo quebrar os fios. A bebê é menor do que María pensava — muito menor que o menino da casa —, e sua barriga ainda não desinchou. A pele branquíssima é herança de sua família materna, ela conclui, e não lhe custa imaginar sua mãe com alguns anos a menos do que tem agora, as veias transparecendo nos braços e no peito. Deseja que Carmen tenha mais sorte na vida.

Em sua memória, Carmen tem o tamanho exato para se encaixar em seus braços prontos para recebê-la; agora ela carrega a filha apoiada no quadril, porque aquele gesto já não basta. É engraçado, pensará María muitos anos mais tarde, o modo como a memória gera sua própria ficção: aquilo que não guardamos, porque consideramos insignificante ou porque não satisfaz nossas expectativas, é substituído pelo que gostaríamos que tivesse acontecido. Durante o dia, ela cozinha, limpa, passa roupa e obedece, mas à noite se dedica à memória. Antes de pegar no sono, traça mentalmente a planta da casa dos pais: na entrada, um pequeno hall com um cabide para os casacos; à esquerda, o quarto dos pais — a cabeceira de madeira, a persiana quase sempre fechada; à direita, o que ela dividia com seus irmãos Soledad e Chico — e antes com os mais velhos; nos fundos, a cozinha com a mesa grande, depois o quintal com o banheiro; antes, um buraco no chão, o peso do balde num canto transbordando de água, não se esqueça de despejar e depois voltar a encher para quem for usar depois. Desmontaram sua cama, e seu lugar agora é ocupado pelo berço da menina: o mesmo berço dos sobrinhos agora quase adolescentes, o mesmo do irmão mais novo. Já de olhos fechados, permite-se corrigir algumas situações: não entra naquele ônibus, não responde ao cumprimento daquele homem, não entra naquela casa.

María também sente saudades de algumas fotografias que resolveu não levar para Madri; os rostos vão se apagando, agora pensa que assim os teria conservado com ela. Na mala guardou apenas uma foto antiga em que ela aparecia com a irmã e o pai no quintal de casa, e às vezes se distrai identificando algumas marcas que o preto e branco ressaltam na parede. Poucos meses depois de María chegar a Madri, a mãe lhe mandou uma carta que ditou para Chico: achou graça na letra caprichada nas primeiras linhas, apressada no segundo parágrafo, disforme na despedida. Sua mãe incluiu outra foto: nela, um dos seus sobrinhos posava na frente de um bolo de aniversário, enquanto Chico lambuzava de cobertura o nariz de Carmen, protegida em seu colo, e segurava a cabeça dela com ternura. María pôs a foto em sua mesa de cabeceira. Imaginou que foi para isso mesmo que a mandaram. No entanto, ela a usava como um alerta para a tia: que não se enganasse com sua docilidade ao madrugar, ao voltar do trabalho e preparar o jantar ou limpar os banheiros. Aquela fotografia contava a verdade.

Quando Carmen acorda, María fita seus olhos: duas cabeças pretas de alfinete. A bebê se espreguiça, e María reage: senta-se na beira da cama, estica o pescoço e olha o berço. Já se acostumou a fazer graça para o menino da casa, a brincar com a filha da vizinha; mas Carmen, sendo dela, parece ser de outra. Carmen se mexe como que tentando se levantar: agita as pernas, primeiro num movimento muito leve, seco quando não tem resposta; mexe os braços, procura os olhos de María. Ela finalmente se levanta, aproxima-se do berço, pega a filha no colo — o cheiro de cigarro — e a abraça. A criança não responde ao seu carinho: não move mais as pernas, mas estica o bracinho direito. María entende que Carmen talvez esteja apontando para um bicho de pelúcia surrado num canto do quarto. Quanto orgulho María sente nesse momento: comove-se ao entender que Carmen é tão inteligente que ativa suas lembranças e a faz encontrar-se nelas, tão madura que tenta lhe mostrar seus brinquedos. Mas isso acontece mesmo? É isso que acontece, ou é María que projeta sua imaginação na bebê? Sem soltar Carmen, María pega o bicho de pelúcia e o entrega para ela, mas a menina o afasta com um safanão: não há lágrimas, não há gritos, porém os gestos da bebê tornam-se bruscos. María pega em sua mãozinha esquerda e a aproxima do seu peito; diz "mamãe", repete "mamãe", mesmo sabendo que Carmen não a diferencia de uma estranha. Carmen continua esticando o braço direito, apontando para alguma coisa que escapa ao olhar de María:

— O que você quer, Carmen?

É tão óbvio que Carmen não entende as palavras de María, e María não entende os gestos de Carmen. Deve chamar alguém, pedir ajuda? Chico só volta do trabalho à noite; María imagina o pai deitado na cama, a mãe sentada na cozinha, Soledad costurando do outro lado da mesa. Do que sua filha precisa? A bebê estende o braço, aponta para uma cômoda baixa e larga. Já explicaram para María que a gaveta de cima é a de Carmen; as duas abaixo, de Chico; as outras duas, de Soledad; e na última ainda guardam algumas de suas coisas. Houve um tempo em que seu espaço era ocupado por um pouco de roupa, um caderno, uma pulseira larga de plástico que achou na rua e que chegou a usar; ela jogou fora a pulseira, o resto guardou na mala. Mas a bebê, a bebê agora: a bebê aponta para a cômoda onde sua mãe — a mãe de María, a avó de Carmen — trocou suas fraldas de manhã.

María se dá conta de seu erro: o que Carmen exige não é carinho nem atenção, mas rotina. Carmen exige que ao acordar à tarde alguém a pegue no colo, a tire do berço e a deite no trocador improvisado. Não importa quem: pode ser a mãe da mãe, o irmão da mãe, a irmã da mãe, a própria mãe. Hoje, quem troca suas fraldas é María, mas quando ela voltar a Madri, isso será feito por qualquer outra pessoa, e Carmen aceitará o cuidado com o mesmo silêncio. Carmen não se assusta com os estranhos. Está acostumada a passar de colo em colo, quando as vizinhas se reúnem de noitinha na porta da casa; tampouco se assusta com essa mulher desconhecida que repete "mamãe", insiste em abraçá-la e lhe entrega um bicho de pelúcia. Em cima da toalha, Carmen para de se mexer, ergue um pouco as pernas — como todo dia, como todas as vezes —, grunhe porque María omitiu algum passo na limpeza. Quando considera que a criança já está pronta e consegue colocar a fralda, María devolve Carmen ao berço e se recosta na cama do irmão. Antes de fechar os olhos, María tem a sensação de que Carmen — corpo de bebê paralelo ao seu adulto, as duas tentando dormir — agora a observa.

Na porta da casa, três ou quatro mulheres, primeiro, depois mais: até oito ou nove. As vozes se confundem umas com as outras, sem tons que permitam distingui-las, com as mesmas palavras em bocas diferentes. As vizinhas se reúnem todas as noites na calçada; peregrinam com as cadeiras que cada uma traz de casa, às vezes compartilham parte do jantar, caso o marido chegue tarde. O hábito nasceu nos primeiros anos do bairro, quando María era bem pequena, antes de os irmãos mais velhos irem embora e de os mais novos nascerem. Naqueles anos resistiam à noite com velas, porque ainda não tinham instalado a iluminação das ruas, e fincavam as cadeiras na terra. Chico tem uma vaga lembrança das antigas caminhadas até o chafariz acompanhando a mãe. Agora o bairro é outra coisa, se bem que as ruas ainda se encham de lama quando chove: a prefeitura vai cumprir a promessa de asfaltá-las, acredita Chico, ele ouviu comentarem no bar algumas semanas atrás. María não acha que as coisas tenham mudado muito no último ano, por mais que Chico insista que ela não reconheceria muitas delas se o acompanhasse num passeio.

— Eu não alcanço o balcão.

— Não acredito.

María deixa escapar uma gargalhada ao ouvir o que Chico conta para ela: por causa da altura, por ser tão baixo, nos primeiros dias os clientes nem notavam que ele estava atrás do balcão. Seu irmão exagera: a realidade sempre parece mais grave nas palavras de Chico, às vezes também mais feliz, e María se diverte com o jeito como ele descreve o silêncio de Soledad, as graças de Carmen ou as conversas das vizinhas.

— Nos primeiros dias, só dava para ver minha cabeça: uma cabeça de criança colocando as garrafinhas. Aí eu montei uma passarela com várias caixas de refrigerante, e agora o balcão já bate no meu peito.

Chico perdeu o nome quando ganhou o apelido. Ele mesmo se apresenta assim, Chico, que é como o pai se acostumou a chamá-lo desde que ele nasceu: o filho caçula, um bebê loiro com mais ossos que carne, de olhos grandes e claros — iguais aos de María —, empenhado em não crescer. Aos seis anos, parecia ter pouco mais de quatro; agora, aos treze, onze, quando muito. María sempre achou que Chico seria o único irmão que conseguiria sair do bairro: gostava da escola, era bom com números. Foi uma grande decepção saber que Chico largou a escola para ajudar no bar de um dos irmãos mais velhos. Era nisso que María estava pensando enquanto tentava distinguir as palavras do irmão em meio à algazarra das mulheres, cinco, seis ou sete, o falatório entrando pela janela. Ela está aí? Está, sim. No quarto, com a criança e o irmão. Veio, é? Eu não conseguiria. Não conseguiria ir embora e largar minha filha aqui, como um traste que você deixa para trás. O que eu não conseguiria é fazer aquilo. Aquilo o quê? Fala baixo, que a mãe dela pode escutar. Ela pode escutar. O quê. Ela veio, é? Prefiro a Soledad, sempre tão quietinha, tão tranquila. E o caçula. Eu falei para a mãe dela, mas ela não me deu ouvidos. Fala baixo, que o caçula é uma criança.

— Não ligue para elas — disse Chico, tentando consolar María, que confirmava suas suspeitas: uma tragada rápida, outra, mais outra, bem ao lado do berço de Carmen, que agora estava no colo da mãe.

— Quando é que você começou a fumar?

— Quando entrei no bar. Todo mundo vivia rindo da minha cara. Alguns me chamavam de Chica. Eu não gosto de cigarro, mas quando fumo pareço mais velho. O que você acha? Pareço mesmo?

— A menina enche muito o saco?

— Eu passo o dia inteiro fora. Levo as peças da Soledad na mesma hora de sempre, mas quando volto da cidade entrego as novas para ela e vou para o bar. Na verdade, somos só o Toñi e eu, mas é melhor assim. Depois do almoço, ficamos tranquilos, às vezes aparece um ou outro para tomar um café, depois os homens chegam com o baralho e o dominó, alguns para jantar, e voltamos para casa. A menina quase sempre está dormindo. Não é de fazer muita graça, mas é muito esperta. Às vezes eu falo com ela, e aí ela fica me escutando como se entendesse. O que sei é que prefere ficar comigo a ficar com a Soledad.

Os dois se calam, temendo que a irmã os escute. Mais que um elo, Soledad é como um lapso entre os dois: nasceu depois de María, antes de Chico, e para ambos ela parece que veio de outro mundo, sem nada em comum com ninguém. Passa o dia inteiro sentada na cozinha, costurando e escutando rádio, e só faz uma pausa rápida para almoçar e descansar. Às vezes interrompe o trabalho antes da hora e brinca de bater palminhas com Carmen, fazendo um grande esforço para simular carinho, mas logo se cansa. Chico apaga o cigarro e estende os braços para que María lhe entregue Carmen.

— Eles foram embora do bairro, María.

— Não quero saber.

— Sei. Bom, mas é isso: eles foram embora. Você bem que podia voltar. — Chico emudece, caso María queira responder, mas a irmã não diz nada. — Como é Madri? Eu gostaria de ir lá algum dia. Quem sabe nas férias.

— Na casa dos tios não tem muito espaço. No início estranhei muito, porque quase não os conhecia... Nos primeiros meses, eu dividia a cama com a nossa prima, mas depois do casamento, o quarto ficou só para mim. Eu também faço como você: acordo e vou pegar o ônibus, porque a casa onde trabalho fica longe. A família é simpática e nunca atrasa o pagamento. Gostam da minha comida e me dão folga aos domingos, porque saem da cidade. Nisso eu dei sorte, porque a maioria das moças que trabalham no prédio dorme no emprego, e outras trabalham todos os dias. A família tem um bebê um pouco mais velho que a Carmen, muito manhoso, mas ele fica sempre com a mãe. Tenho até medo de que, quando ele crescer, não precisem mais de mim.

— Aí você pode voltar, não é?

— Ou levar a Carmen comigo.

María nota em Chico uma expressão de contrariedade: como se seu objetivo desorganizasse a rotina do irmão. Já passou da hora de Carmen dormir, mas María deixa que ela continue acordada porque as palhaçadas de Chico fizeram a menina dar a primeira gargalhada do dia. A conversa da rua não para, e María percebe que algumas vizinhas continuam falando dela, da vida que leva na capital, não é à toa que logo a mandaram para longe, sorte que a menina ficou aqui.

— Você não sente falta da escola, Chico?

— Agora já passou, mas no começo sentia, sim. Eu não gostava do bar. Imagina? Podia ter virado professor. Depois quem sabe eu continue os estudos, se sair daqui e tiver tempo. Do que ainda sinto falta é dos livros que me emprestavam, porque à noite às vezes não tenho o que fazer. Preciso inventar alguma coisa.

A voz de Chico de repente cresceu. María pensa nele: pouco mais de treze anos, prestando atenção para que o sujeito daquela mesa não saia sem pagar, recitando pedidos para a cunhada, almoçando de pé as sobras do dia, com o cigarro na boca. Pensa que Chico mantém o sorriso diante dos outros, mas pensa também no que Chico pensa todas as noites, em sua cama estreita, enquanto a bebê dorme e Soledad costura em silêncio.

— De noite ela chora que é uma coisa. Lembra dos primeiros meses? Agora é totalmente diferente. Você está no sétimo sono e de repente ela te acorda com um berro. A Sole cobre a cabeça com o travesseiro, e aí sempre sobra para mim. Os bebês têm pesadelos?

María quase não conviveu com Carmen quando a filha nasceu; o que sabe é o que lhe contam por telefone ou nas raras cartas, os momentos em que a patroa sai para passear sem o filho, e desde então María conhece o cheiro doce, tão diferente do cheiro da filha. A bebê cheira a cigarro, assim como

27

Chico, suas unhas amareladas de nicotina. O burburinho na rua não para, e mesmo já à beira do sono — como pouco depois de dar à luz: no berço, Carmen; na cama pequena, ela e o irmão; na outra cama, Soledad, dormindo como uma pedra — ouve as vizinhas falando dela. Às vezes distingue a voz da mãe, desconversando ou tentando puxar outro assunto. Eles foram embora do bairro, María ouve uma das mulheres dizer. Ela ficou sabendo. Como é que você pode continuar cruzando com ela todos os dias, na mesma rua, com os mesmos olhos? Era o mínimo. María sente o corpo magro de Chico se descolando do dela, e seu irmão se levanta para fechar a janela.

— Está frio — justifica. — A menina pode pegar um resfriado.

Escuta Chico mexer na gaveta e sair do quarto. Soledad abre a porta com cuidado, entra e troca de roupa no escuro, diz boa-noite, o estrado range com o peso de seu corpo. Silêncio: as vizinhas se retiram para suas casas, algumas cadeiras raspando os pés na calçada no caminho de volta. Chico volta para a cama e se deita, costas contra costas, de cara para a parede. Seu irmão cheira a cigarro, pensa María, antes de Carmen acordar chorando.

María começa a contar para si mesma, de lábios cerrados, enquanto no quarto dormem sua filha e seus irmãos: sente o calor das costas de Chico, o rom-rom no peito da filha, a respiração dura de Soledad. Eu quero dizer muitas coisas, mas não consigo colocá-las em ordem. Faz o mesmo que outras noites: hoje ensaia as palavras que diria para a mãe, para Carmen, quando ela puder entender. As situações que viveu, até aquelas que não parecem importantes, ela as retoma do princípio ao fim; corrige alguns gestos e quase todas as decisões, monta finais felizes que não correspondem à realidade. Por exemplo, Carmen: nas histórias que María pensa antes de dormir, Carmen não existe. María tampouco escuta a voz do pai e ainda não conhece cidades cinzentas, ou as conhecerá dentro de alguns anos, de passagem. Mas Carmen existe, sim, rasga a noite com seu choro e acorda todos, ela, Chico e Soledad, que — como já lhe avisaram — trata logo de enfiar a cabeça embaixo do travesseiro, fingindo estar dormindo. Carmen existe, seus olhos às vezes como bichos que ela pisotearia; às vezes, pontinhos que ligaria para formar uma figura, e María pensa que talvez pudesse voltar para a cidade com ela e pedir para a tia olhar sua filha enquanto vai trabalhar. María, para si mesma: quero dizer tantas coisas, mas não consigo colocá-las em ordem. Estão na minha cabeça, penso nelas o tempo todo, mas quando me chegam à boca eu me perco. Entendo que me enganei e, por causa da minha cabeça ruim, envergonhei primeiro a mim mesma e depois a vocês todos. Se eu não mandasse o dinheiro para cá e ficasse com tudo, talvez conseguisse dar mais um pouco para os tios e economizasse o resto, para um dia vivermos juntas, a Carmen e eu. Podem falar com os tios, que eles vão dizer: que eu só saio um domingo ou outro com a prima e o marido dela, que sempre volto do trabalho direto para casa. A Carmen não sabe quem eu sou e eu não consigo descrevê-la. Quando me perguntam como é seu rosto, como são seus gestos, conto como é o retrato que tenho na mesinha de cabeceira. Minha filha não se mexe, não fala comigo, não sabe quem eu sou. Está presa na fotografia.

Com sua mãe não fala. Ninguém fala com sua mãe, na verdade, nem com seu pai: cada um exerce o seu papel, sem frustrar as expectativas. Os pais atuam como pais, decidem e mandam, e os filhos atuam como filhos, obedecem; o erro de María foi ignorar essa lógica. Desde que ela voltou, sua mãe limitou-se a contar alguns detalhes sobre Carmen — não se assuste com esse barulho, porque descobrimos que não é sono, nem fome, nem dor: ela gosta de se ouvir, só isso; a lamentar que Chico gaste seu tempo no bar e esqueça de trazer o gelo para a geladeira; a recriminar seu pai por todas as horas de sono.

María também não fala com seu pai: assim que entrou na casa, passou pelo quarto para cumprimentá-lo, deu-lhe um beijo na testa. Ia perguntar como ele estava, contar do seu irmão — mora com ele em Madri, mandou lembranças —, mas Soledad a chamou da cozinha, e quando María saiu, seu pai lhe pediu para fechar a porta.

Em alguns vasos do quintal há folhas secas: María deduz que a mãe não dá conta de regar todas as plantas, e o sol não perdoa. Às vezes, quando o tempo estava bom, Soledad e María levavam suas cadeiras e iam costurar lá fora: a roupa no regaço, para evitar que sujasse, e muita atenção para que as agulhas e as linhas não caíssem no chão. Numa das visitas à oficina, tinha reparado nas máquinas de costura — e nas mulheres que as manejavam, rápidas, muito rápidas —, no seu ruído de batalha, mas no trabalho da irmã e dela própria ouvia apenas um gemido de Soledad ao furar um dedo, ou um bate-boca que ecoava de algum quintal vizinho. Quando deixavam cair alguma coisa — um vestido sobre as pedras minúsculas, finíssimas, que escorregava das mãos, ou pior: uma agulha, que se perdia no meio delas —, as duas se levantavam como se o tecido, o cobre ou o metal, durante a queda, as golpeasse pesadamente: quando a culpa recaía em María, Soledad a recriminava; quando recaía em Soledad, ela mesma emudecia. Quantas linhas pretas e brancas, verdes ou azuis, já não teriam se misturado ao cascalho? E as agulhas? Um dia Carmen brincaria no quintal, e María previu a futura choradeira da filha ao fincar uma delas na bunda ou na palma da mão. Quando a família se instalou na casa, o pai de María traçou com grandes pedras brancas um caminho até o banheiro — atravessava o quintal inteiro para evitar a terra e a lama, quando chovia, mas nunca foi além desse esboço —, e seus irmãos mais velhos acabaram cobrindo o chão de terra: em outras casas, eles cimentaram tudo, segundo lhe contaram, e na da frente usaram lajotas variadas; os filhos trabalhavam de pedreiros, e um dia traziam uma lajota de uma obra, no dia seguinte, mais uma, da mesma obra ou de outra, todas diferentes, formando um quebra-cabeça tosco. A solução da casa dos pais, mais do que ressaltar a humildade, dizia muito sobre a despreocupação: outras vizinhas tinham perguntado para sua mãe por que não plantava alguns pés de frutas, como elas, em vez daqueles vasos encostados nas paredes de um branco encardido, alguns deles da altura dos filhos que não moravam mais lá. María nunca ouviu a resposta da mãe — o silêncio, alguma evasiva, é melhor que nada —, mas sim os comentários dentro de casa, a satisfação quando as raízes rachavam o cimento das vizinhas mais ambiciosas, que tinham então que arrancar as árvores e consertar o estrago; a satisfação da mãe quando as vespas rondavam as parreiras nos outros quintais e atacavam os cachos de uva, e depois o cheiro do emplastro de alho para aliviar as ferroadas, que chegava até sua casa. Tomara que nem consigam dormir direito, resmungava; que nem dormir direito elas consigam. Mas de noite as vespas não diferenciam uma árvore da outra, explicou Chico, tanto faz o que as vizinhas têm no quintal; o problema é só de dia. María observou a mãe, sua risada murchando.

Chico insiste que o bairro está muito mudado, e durante a caminhada que María fez do ponto do ônibus intermunicipal até a porta de casa — ninguém a esperou para ajudá-la a carregar a mala — pensou que o irmão exagerava. Mas agora, quando passeia com Carmen e vai até a praça, dá razão a ele, ainda que por outros motivos: ao recriar essas ruas, ela as adapta às ruas da cidade onde vive agora. Substitui um traçado quadriculado — paralelas exatas, exatas perpendiculares — por outro: pedras lá, terra aqui, na verdade se dirigem a um centro, na diagonal. María se dá conta disso enquanto repete o caminho que Soledad, Chico e ela adoravam fazer alguns sábados de manhã, alguns domingos: elas de braço dado, ele andando na frente. Agora María carrega Carmen colada ao peito, deitada de costas em seus braços, e quando se cansa do peso, a apoia no quadril; na porta de uma das casas, uma moça da sua idade brinca com duas crianças, uma um pouco maior que Carmen, outra um pouco menor. Na praça da paróquia, a sede da associação de moradores; a filha da vizinha do lado vai ao curso de datilografia, as duas se cruzaram ao sair de casa, e a garota a chamou de madrilenha. Madrilenha!, pouco mais velha que Chico, perguntou se tinha visto algum artista famoso. María respondeu que não, que lá trabalha, e mais nada, e a vizinha ficou muito desapontada ao saber que tinha se mudado de cidade para isso. Enquanto se afastavam, Carmen olhava para a vizinha e batia no queixo de María, quem sabe lhe dando razão.

No bairro dos tios, em Madri, os carros — de quem tem um — não atolam na lama, mas transitam e batem e aceleram sobre os paralelepípedos. As moças da sua idade se parecem com Soledad e com ela, os pais com seus pais; escuta sotaques parecidos com o seu. Mas, embora María seja como a garota do curso de datilografia, como a garota que brinca com os filhos na porta de casa, ela se sente diferente: com até mais sorte que Chico ou que Carmen, inclusive. Pensa em Soledad: por quanto tempo a irmã continuará a costurar na cozinha, a caminhar sozinha até a praça nos fins de semana para tomar um pouco de ar? A escola onde ela e os irmãos estudaram já não é suficiente para quem nasce no bairro. Será que com Carmen vai ser assim? Será que Chico vai ensiná-la a ler e a somar, de noite, os dois sentados na cama para não acordar os avós? Por essas ruas que ela mal reconhece, uma casa e uma loja e um bar, uma casa e outra casa e outra casa, umas iguais às outras, María passeia com Carmen não com o prazer de estar um pouco com a filha antes de voltar para casa, mas com a intenção de cruzar com algum conhecido, com alguém que a chame pelo nome e lhe pergunte como está. Não conhece mais ninguém: esqueceu os rostos, os nomes. O bairro termina e nada mais a espera a não ser o campo, mais terra, e depois, o que mais? Pergunta a uma mulher como voltar para casa. E sua casa? Sua casa onde fica?

María cobre a cômoda com uma toalha e deita a menina sobre o móvel: está cheirando a cocô, é claro, e pelo tecido enchar-cado também entende que deve ter urinado durante o pas-seio. O menino da casa onde ela trabalha se queixa, sim, in-comodado com a sensação de umidade, mas Carmen aceita isso e espera que alguém perceba que está aí, que o tempo passou. Pernas para cima: ordena María, levantando o vesti-dinho, desamarrando a fralda com um pouco de diarreia; per-guntará para a mãe se isso tem acontecido com frequência; se não, tentará se lembrar o que Carmen comeu. Mergulha a mão na água quente, esfrega a barra de sabão e limpa as náde-gas sujas. Depois a enxuga com toques leves da toalha, tira as luvinhas de proteção, passa uma fina camada de talco, reco-brindo bem a pele. Pernas para cima, e diz seu nome: pernas para cima, Carmen. Por favor, ajude um pouco. Muito bem. A menina levanta as pernas, e María pega em seus tornoze-los; sem medir sua própria força, tenta suspender o corpo da bebê, o tanto exato para encaixar a fralda limpa entre o mó-vel e o corpo, mas a menina se queixa. Reage pela primeira vez com um lamento suave e depois o choro, o berreiro. So-ledad pergunta, o pai reclama, o que aconteceu?, a mãe não escuta nada da porta de outra casa qualquer. Soledad se retira antes que María responda, reclama que María nunca a ajuda na costura, por mais que agora os visite. O que aconteceu é que a menina é uma bebê, e bebês choram. María solta os tor-nozelos de Carmen num ato reflexo, e não se dá conta de que as pernas bateram contra a madeira; em meio ao barulho, não percebeu o golpe seco da carne tenra. A menina permanece sobre a cômoda, choramingando; talvez seja o contato direto com a madeira que a incomoda, então María a pega no colo e puxa a toalha até a cama de Chico. Com dificuldade, a estica e deita Carmen sobre ela. Pernas para cima, Carmen: por favor. Pernas para cima, e não baixe. A menina parou de gemer, mas as lágrimas se confundem com o ranho e seus lábios tremem. Carmen, por favor, não atrapalhe. Carmen não se mexe, e María tenta deslizar a fralda sob seu corpo: conseguiu. Anoitece muito rápido — em cada gesto, ela se demora minutos e mais minutos — e agora mal consegue ver onde fazer os nós. Uma mão afasta a sua: você já voltou, Chico.

— Já, o Toñi me liberou antes da hora. Contei para ele que você vai embora amanhã cedo.

María desaba sobre o colchão e se senta no lado da cama que Carmen deixa livre. Observa o modo como o irmão trata a bebê, analisa quais gestos dele se diferenciam dos seus. Chico trata Carmen como se fosse um brinquedo: pega nos seus pulsos e une as mãos batendo palmas, com um lenço tenta soar o nariz dela enquanto cantarola. María comenta o que vê, e Chico lhe explica: você a trata com medo, e ela percebe isso. Carmen puxa o catarro, abre os braços e os fecha em torno de Chico. Uma palavra em sua voz, María escuta: ninguém lhe contou que Carmen já falava. Carmen se aferra a Chico, e María se aproxima para ouvir melhor o que ela diz. Uma palavra em sua voz, María a identifica? A cabeça de Carmen no ombro de Chico, Carmen chamando-o de mamãe.

O reino

Córdoba, 1998

O que aconteceu no dia anterior ao pesadelo que Alicia tem to-das as noites? Ela acordou com a mãe reclamando, vestiu-se a contragosto para ir à escola — jeans, sandálias, camiseta de uma marca esportiva —, voltou para casa. Não faltava muito para as férias, para a mudança, para trocar de colégio. Essa lembrança é atravessada por muitos corpos: sua mãe minúscula, sua irmã minúscula, seu pai de ombros largos, os pré-adolescentes zanzando pelo pátio no recreio. Não reconhece seus rostos nem sabe o nome de quase ninguém. No pesadelo que Alicia tem todas as noites, seus corpos não aparecem: o único corpo que aparece é o de seu pai. É ele que estatela o carro contra a ár-vore e sai mancando para se enforcar? Ou é uma imagem de seu pai que ela mesma produz? Para entender como foi o dia que seu pai viveu antes de ele tomar a decisão — antes de escolher uma estrada com pouco movimento, acelerar numa curva, calcular mal e ir parar à beira de um precipício, mesmo assim não cair no vazio, sair mancando antes de se enforcar —, muitas vezes Alicia repassa cada um dos seus gestos, cada uma das suas palavras.

Do meio da sala ela conseguia espiar a rua sem ser vista por ninguém. Isso era possível naquela casa, naquele cômodo imenso: o maior em que Alicia já tinha estado. Se ela fosse até a varanda, seria descoberta com facilidade, claro: o laço vermelho na sua cabeleira loira entre as plantas da mãe. Mas, postando-se no meio da sala, podia ver quem atravessava rumo à praça, antes do bloco de apartamentos, adiantar-se a seus passos, ler seu futuro.

Quando o relógio deu cinco horas, Alicia se postou no ponto exato embaixo do lustre. Tinha dito às suas colegas que não deviam chegar antes da hora combinada, e ela contava com um pequeno atraso, porque Celia nunca era pontual: morava longe, no extremo do bairro, perto da estrada para Madri, e não calculava bem as distâncias. Mesmo assim, quando o relógio deu cinco horas, Alicia se levantou do sofá, desligou a televisão e espiou. Passados dez minutos, apareceu Inma, e pouco depois Celia, esbaforida. Parou antes de atravessar, apoiando-se no poste, para recuperar o fôlego. As duas trocaram algumas frases e foram para a casa de Alicia. Logo em seguida, tocou o interfone.

Por que Alicia escolheu Inma e Celia para fazer aquela tarefa? Eram obrigadas a trabalhar em três, aquelas duas sempre andavam juntas, e Alicia não conseguira se encaixar em nenhum outro grupo. Aproximou-se de Celia, duas carteiras atrás da sua, que recebeu sua proposta com resignação, talvez com desconfiança; Inma, ao contrário, respondeu muito animada. Nesse momento — naquele dia —, Alicia não se preocupou com a reação delas; deu o problema por resolvido. Mas, na manhã seguinte, Celia explicou que não poderiam se reunir em sua casa, porque lá morava muita gente, e Inma disse que na casa dela também não, porque sua avó estava doente e precisava de silêncio. Com isso, Alicia, que sempre evitara revelar mais do que o necessário sobre sua vida, teve que abrir sua enorme sala para aquelas garotas insignificantes.

Mas Alicia mentia: no fundo, ela queria saber mais sobre o empenho de Celia em proteger Inma. Inma tão ingênua, alvo de todas as zombarias por acreditar nos outros, com seu rosto que virava um pimentão ao mais leve comentário; e Celia sempre pronta para bater em quem caçoasse da colega, com o zelo não das amigas íntimas nem das irmãs mais velhas, mas o que se espera de uma mãe. Ainda hoje Alicia pensa em Celia, ofegante depois da corrida para fingir pontualidade, nos seus quadris largos de adulta antes do tempo e se pergunta o que terá sido de sua vida: se Inma e ela mantiveram a amizade, se já terá parido três ou quatro filhos, se suas vidas se parecem. Alicia lembra que Celia gostava de desenhar; que se distraía enchendo as margens dos cadernos de flores delicadas, com os lápis de cor escondidos no regaço, e completava aqueles jardins entre as aulas de língua ou de história. Sobre Inma, ao contrário, mal conseguiria dizer algo além disso: que usava trança, que falava o tempo todo da avó e do irmão mais velho.

Não era a primeira vez que Celia e Inma observavam o janelão do apartamento de Alicia: desde que entrara na classe delas, em setembro, quase todas as meninas da turma tinham ido até a praça em algum momento para se postar — de braços dados — em frente ao edifício. Ano após ano, eram sempre os mesmos rostos, por isso uma nova colega — que tivesse repetido de ano ou tivesse se mudado para o bairro — arrastava uma lenda misteriosa. Para Hashim, inventaram um passado conflituoso, a residência num orfanato de filme; na verdade, ele morava com os pais e os irmãos nos prédios novos, em frente ao shopping center. De Yoli, a repetente, diziam que tinha sido reprovada porque seu pai fugira com uma colega de trabalho e ela não conseguia entregar a lição a tempo, nem estudar para as provas; nunca descobririam se aquela história tinha algum fundo de verdade, porque a mãe de Yoli, com Yoli e um par de irmãos pequenos, gêmeos, ruivos como ela, deixaram a cidade no final do trimestre. Nos filmes do cinema de verão, as crianças construíam uma casa na árvore e subiam por tábuas pregadas no tronco para se refugiar lá no alto, longe dos adultos. Inma, Celia, Marta, Rosi: seu bosque formado pelas quatro árvores esquálidas do parque, a terra amarela, os balanços de metal impossíveis no calor. Inventar histórias sobre os colegas era sua casa na árvore.

No caso de Alicia, ainda não tinham conseguido montar nenhuma história. Tudo nela as desnorteava: escrevia sem erros de ortografia, sabia de cor datas e nomes de personagens históricos, não bocejava na aula. Não entendiam como podia ter repetido de ano, mas o que mais as desnorteava era o que se passava fora de sua cabeça: que usasse um par de tênis diferente a cada dia da semana, que fizesse questão de exibir a marca dos seus jeans. Era assim que Alicia atiçava a curiosidade: ao sentar, suspendia a camiseta até a cintura para expor a etiqueta; no recreio, reclamava do Nike novo, porque apertava seus tornozelos. Celia pensava na roupa que sua mãe comprava na loja de saldos da avenida, nas suas calças iguais às de outras tantas alunas da escola, com aquelas marcas que trocavam apenas uma letra para serem confundidas com as das grandes grifes: Zappa, Pila. Inma nem sequer estreava roupa alguma: herdava todas da prima.

Não era a primeira vez que Inma e Celia, Celia e Inma, juntas desde o tempo da creche, paravam junto à faixa de pedestres em frente ao edifício onde Alicia morava para tentar identificar alguma coisa através do janelão — o vulto da mãe servindo o lanche, o sofá onde o pai devia se sentar. Nunca conseguiram: acabaram se cansando de esperar o estalo, da realidade ou da imaginação, e mudaram de percurso. Sabiam que Alicia tinha uma irmãzinha chamada Eva e que no ano seguinte as duas iriam para o colégio dos carmelitas, porque seus pais tinham comprado um apartamento na parte mais chique do bairro, naqueles prédios com garagem e piscina. No recreio ficavam observando Eva, que comandava a dança das colegas e inventava passos para os hits da temporada. A mãe de Alicia não trabalhava, ou trabalhava em casa, mas também sabiam que uma mulher ia lá fazer a faxina, porque vez ou outra Alicia a mencionava de passagem: hoje à tarde não vou poder fazer a lição porque a faxineira vai lá em casa, a faxineira tirou minhas miniaturas do lugar para limpar o pó.

O toque agudo na campainha: na memória de Alicia, as duas são ainda menores: Inma, uma bonequinha de porcelana para exibir na cristaleira da sala; Celia com o corpo de menina que corresponderia à sua idade. O toque agudo, os resmungos da mãe de Alicia no quarto, tentando esticar a sesta, e a euforia da irmã por receber visita. Alicia ficou esperando encostada na porta para ouvir o barulho do elevador chegando ao quarto andar e abriu antes que Celia tocasse a campainha.

— Minha mãe está fazendo a sesta.

Alicia achou graça — ou será que acha graça agora, anos mais tarde, quando está numa situação mais parecida à daquelas meninas que à da adulta que ela deveria ser? — no capricho com que as duas se vestiram. Celia estava com os mesmos jeans que usava de manhã, mas tinha trocado a camiseta de propaganda de uma loja de toldos por uma camisa branca sem mangas, com babados de renda, que provavelmente encontrara no guarda-roupa da mãe. Em Inma tinham colocado um vestido de verão, de alcinhas e estampa xadrez; a parte de cima ficava justa, e volta e meia ela o ajeitava para poder se mexer. A irmã de Alicia as observava, sorrindo, e Alicia só queria que se sentassem à mesa grande da sala para colar os recortes no cartaz do trabalho.

— Vamos mostrar a casa para vocês — anunciou a irmã, puxando Inma pela mão.

Assumiu o papel de anfitriã e avançou pelo corredor. Enquanto Alicia estivera plantada no meio da sala, tentando descobrir as visitantes antes que o interfone tocasse, pelo jeito sua irmã já ia planejando como se comportar, de que maneira receber aquelas desconhecidas. E agora Eva — quatro anos mais nova que Alicia, o rosto cheio de sardas, alguns buracos na boca por causa dos tombos — abria a porta do banheiro de serviço, apontava para a privada e a máquina de lavar roupa, para as toalhas felpudas e gastas. Ia guiando Celia e Inma, mostrava seu quarto com orgulho: um dormitório só para ela, todo pintado de rosa, com seu nome em grandes letras no alto da prateleira central da estante; os bichos de pelúcia, as bonecas, alguns livros infantis, uma televisão pequena para quando acordava antes dos outros nos fins de semana e queria se distrair sem perturbar ninguém. Saía do seu quarto e abria a porta do de Alicia, apontando de novo para a televisão — um pouco maior que a sua: os pais tinham respeitado certa hierarquia —, a estante com as miniaturas da sua coleção, algumas bonecas cobertas de pó; conseguiu se conter e não mostrar o guarda-roupa, mas Alicia notou como Celia admirava todos os seus tênis. A menina soltou a mão de Inma e puxou a de Celia para que a seguisse. Passaram longe do dormitório dos pais — teriam visto a mãe de Alicia deitada, de olhos fechados, ouvindo a agitação no corredor, e mais uma televisão, e um guarda-roupa que tomava toda uma parede, e sapatos de salto alto espalhados pelo chão, como migalhas de pão para não esquecer o caminho de volta para casa — e entraram no escritório do pai, com o computador e o modem. Inma perguntou se tinham internet, e Eva respondeu que sim, não podendo imaginar que as colegas da irmã fizessem seus trabalhos sem pesquisar no Terra ou no Yahoo.

— Só que quando alguém liga, a conexão cai — lamentou.

Faltava o banheiro principal, o bidê, a banheira, o espelho imenso diante do qual o pai se barbeava, a mãe se maquiava e Alicia e a irmã espiavam para completar a foto de família. Os cremes, os perfumes: não a colônia de bebê num frasco tamanho família com que a mãe de Inma encharcava a filha todas as manhãs, mas os delicados vidrinhos — apenas algumas gotas atrás da orelha, entre os seios — com que o pai presenteava a mãe sem um motivo especial. Faltava a cozinha, o micro-ondas, a geladeira de duas portas, as sacolas vazias do Corte Inglés, empilhadas sem cuidado. Alicia não sabia de quem havia herdado um faro tão fino, da mãe não era, nem do pai, mas identificou em Celia o cheiro de batata recém-cortada, mais planta que alimento.

Alicia, sua irmã Eva, Inma e Celia: as quatro voltaram para a sala, Alicia direto para a mesa, ansiosa por desenrolar a cartolina e distribuir os tubos de cola, Eva empenhada em mostrar a varanda. Algumas plantas que a mãe regava com carinho — Alicia nunca aprendeu o nome das espécies —, um par de cadeiras onde ela se sentava de biquíni para tomar sol. Inma e a menina foram até lá para completar o tour; Celia permaneceu na sala, no ponto exato que Alicia ocupara pouco antes, bem embaixo do lustre. Mas Celia não tinha interesse pelo exterior, pensou Alicia; não tinha interesse pelo que acontecia lá fora, no mundo que estava cansada de conhecer. Reparava na tela da televisão que ocupava metade do móvel, no videocassete que o pai acabara de comprar, no aparelho de som, na coleção de filmes e discos, nas fotografias das férias da família: Alicia dentro de uma moldura dançando com outras meninas num hotel em Marbella; Alicia, Eva e os pais dentro de outra moldura, sorridentes na Eurodisney, Eva de chapéu com orelhas de Mickey, a torre do Castelo da Bela Adormecida surgindo da cabeça do pai, as pupilas de Celia tão dilatadas que seus olhos verdes se tingiam de preto.

De vez em quando, Inma e Celia também regressavam àquela tarde na casa de Alicia. Nas semanas seguintes custou-lhes explicar para os outros o que tinha acontecido lá: todo mundo perguntava se tinham entrado no apartamento, se tinham mostrado a casa para elas, se estavam lá da primeira vez que o telefone tocou ou na segunda ligação. Inma de início respondia — sim, tinha uma televisão em cada quarto; sim, tomamos refrigerante; não, fomos embora logo —, mas Celia não abria a boca. Não respondia nem quando seus pais comentavam com ela algum rumor ouvido no bar da esquina, num esforço desajeitado de aproximação. Só anos mais tarde Celia começaria a revelar alguns detalhes em suas conversas: um dia no colégio, numa mudança de classe, lembrou da colcha cor-de-rosa do quarto de Eva; algum tempo depois, já em Coimbra, numa temporada do programa Erasmus, enviou a Inma um longo e-mail evocando as sensações que afloravam nela ao pensar naquela tarde, o contato com todas aquelas riquezas impensáveis para duas garotas como elas. Pela primeira vez mencionou a inveja que Alicia lhe provocara durante todo aquele ano, seus agasalhos de marca, tão lindos comparados às calças e malhas de moletom com que elas tinham que se contentar, e pela primeira vez mencionou também o alívio que aquela tarde — o final daquela tarde — lhe proporcionara, a calma que sentira ao voltar para casa e encontrar a mãe e a tia no sofá, seu irmãozinho e as duas primas terminando a lição; seu avô na cadeira de balanço, com a persiana fechada, adiantando a noite. A calma, também, de ouvir a porta se fechando quando sua tia e suas primas foram embora, e a calma, mais tarde, da porta se abrindo porque seu pai voltava do trabalho: correu para abraçá-lo, e o pai manchou sua camisa com graxa da oficina. Como assunto da mensagem, Celia escolheu um sem vínculo aparente com a situação: "As maravilhas".

Inma o leu assim que o recebeu, mas demorou várias semanas para responder. Teclava e apagava, reescrevia um parágrafo até sintetizá-lo em duas frases, para retomá-lo no dia seguinte. Por fim, conseguiu contar a Celia que durante muitos anos sentira que o ocorrido naquela tarde respondia à justiça divina: a avareza é um pecado capital, ou pelo menos era isso que sua avó lhe ensinara. Para que aquela família precisava de tudo aquilo, aquelas televisões, aquelas viagens; ela se perguntava todas as noites, Inma repetia de tantas em tantas linhas, como um estribilho. Não sabia o que a incomodara mais: a inocência com que Eva lhes mostrara a casa, inconsciente de ostentar seu padrão de vida a Celia e Inma, ou a indiferença com que Alicia as recebera, sem se incomodar em compartilhar sua intimidade com elas. Celia respondeu de imediato, com uma mensagem de poucas linhas e contando algum caso engraçado sobre uma festa da véspera.

Elas nunca se esqueceram de Alicia, de Eva, nem sequer de Carmen, a mãe das duas: apenas um corpo adormecido respirando do outro lado da porta, apenas uma voz crescente, passando do balbucio ao grito. Às vezes, durante todos esses anos, Celia e Inma — Inma e Celia — trocavam recordações daquela tarde ao sair do cinema, ou ajudando na mudança de uma delas ou visitando a outra na maternidade, recém-nascido algum dos seus filhos.

— Você acha que vamos ficar daquele jeito? — perguntava uma ou outra.

E uma ou outra respondia que não, fechava a cara, insinuava uma gargalhada entre o desejo e o terror.

Na memória de Alicia, as lembranças daquele dia não se sucedem em ordem cronológica. Cenas concretas: por exemplo, ela não consegue reconstruir o que aconteceu entre o instante em que ouviu o despertador tocar e o momento em que voltou para casa; horas — nem o tempo ela consegue precisar — em que se espreguiça na cama, com a mãe gritando para que vá logo tomar banho, a irmã derramando o chocolate quente na salopete, a mãe mandando aos gritos que Alicia ajude Eva a trocar de roupa. Porém, nos anos seguintes — poucos —, Eva sustentou que, embora seu pai costumasse acordar mais cedo que elas e tomar o café da manhã fora de casa, naquele dia preferiu acompanhá-las até a escola; que de fato ela derramou o leite, mas foi ele que a acompanhou até o quarto para juntos escolherem o vestido que ela iria usar naquele dia. Nas duas narrativas — na de Alicia e na de Eva —, a mãe ainda não tinha acordado, ou melhor, não tinha saído da cama, e deitada ia dando ordens: o que fazer, como fazer, e de vez em quando se ouvia um bocejo. Desse ponto em diante, Alicia se perde: caminhou até o colégio com Eva, ou com seu pai e com Eva, e entrou no prédio dos mais velhos depois de se certificar de que a irmã tinha entrado no dos mais novos, ou beijou o pai no rosto e caminhou sozinha os últimos metros para que ninguém a visse chegar acompanhada. Suportou três aulas diferentes, no recreio procurou Celia e Inma para lhes dizer a que horas deviam chegar em sua casa à tarde, a orientadora do ano anterior a cumprimentou por seu desempenho. Passadas mais três horas — em aulas de religião ou artes, quem sabe —, guardou seus livros e cadernos na mochila, despediu-se de Celia, apressou-se para encontrar a irmã. Espere: agora, Alicia acha que Eva a aguarda junto à grade com um vestido laranja, de um tecido muito delicado, que sua mãe jamais teria permitido que ela sujasse ao brincar no recreio. Sim: manchas de terra no vestido da irmã, como se ela tivesse se jogado no chão para imitar alguma coreografia. Sim: pode ser que Eva estivesse certa e que seu pai tenha resolvido retardar sua saída de casa naquele dia, sabendo o que aconteceria mais tarde. Alicia pegou com força em sua mão, a mão da irmã — esqueceu a sensação do contato com a mão do pai —, e as duas voltaram para casa. Almoçaram — o que almoçaram?: quase vinte anos depois, ainda sente um nó no estômago —, Eva se trancou em seu quarto para ver TV, a mãe se trancou no dela para fazer a sesta, Alicia assistiu a algum programa e, às cinco da tarde, desligou a televisão e se postou no meio da sala, bem embaixo do lustre, para se antecipar à chegada de suas colegas.

— Vocês querem Coca-Cola?

— Minha mãe não me deixa tomar. Diz que dá câncer.

— Minha tia passa no corpo quando toma sol para ficar mais morena. Você toma? É bom?

— Eu gosto. Minha mãe está fazendo a sesta. E a de vocês?

— A minha está em casa.

— A minha no supermercado.

— Ela foi comprar o quê?

— Nada, ela trabalha lá.

Enquanto Inma recortava figuras com o maior cuidado, Celia transcrevia numa cartolina de outra cor alguns dos textos que elas queriam destacar no mural e Alicia escrevia o título no topo do cartaz. Eva abrira alguns livros para colorir mais apropriados para outra idade, mas que ainda a distraíam, e oferecia refrigerante, doces, perguntava por parentes que ela nem sabia se existiam; imitando a atitude da mãe diante das amigas, despejando a mesma falação insistente, mais ruído que conversa.

— Cala a boca, Eva, deixa a gente estudar.

A menina emudeceu, e quando Inma perguntou em que ano ela estava, quais eram suas matérias preferidas, o que queria ser quando crescesse, Eva respondeu monossilabicamente. Como em outras ocasiões, Alicia conseguira desativar a versão da irmã transformada numa miniatura da mãe e devolvê-la a seu estado natural: uma menina de nove anos incapaz de controlar seu tom de voz e de pensar para além do próprio umbigo.

A mãe de Inma trabalha num supermercado, a de Celia onde calhar. Alguns meses, fazendo faxina em edifícios; outros, ajudando num salão de beleza; Alicia tinha até a impressão de que Celia certa vez comentara que a mãe, durante alguns meses, tinha feito um bico num dos restaurantes de seu pai. Se Alicia acreditasse em sonhos e profecias, acharia que naquela tarde seu futuro se revelou na grande mesa da sala, diante de uma cartolina com um trabalho de estudo do meio. Mas isso não acontece: agora ela não crê em muita coisa, e na época menos ainda, e o que ela queria era se divertir às custas das duas colegas. Poucos dias depois, Alicia se despediria delas para sempre — sabia que suas famílias não poderiam pagar a mensalidade do colégio dos carmelitas —, e não lhe despertavam nenhuma simpatia, tão idiotas, vestidas de domingo no meio da semana.

— Inma, você não tem internet em casa?

— Não, na minha casa não tem computador.

— Mas você já entrou na internet?

— Não. Um dia, se não me engano, a Vicky entrou, na biblioteca. É, foi a Vicky mesmo que conseguiu entrar.

— Estava muito lenta — disse Celia. — A Vicky sabe mexer na internet porque uns vizinhos dela têm.

— E televisão vocês têm?

— TV a gente tem, sim.

— Sim, na sala.

— Mas só na sala, não é?

— É, na sala.

— Eu também, só na sala. Mas quase não ligamos, porque minha avó está doente.

— Em casa fica ligada direto. Quando minha tia está lá com a gente, fica direto.

— Aqui cada um assiste ao programa que quiser, no próprio quarto.

Eva estava colorindo uma figura, prestando muita atenção para não sair fora das linhas. Enquanto Alicia pensava na próxima frase que dispararia, admirava o esforço da irmã para não deixar nenhum espaço em branco nem pintar fora do contorno. O mesmo cuidado, a mesma atenção que Alicia aplicava na busca das palavras que mais ferissem Celia e Inma. Era essa a memória dela, uma linha de mágoa na memória das garotas.

— E essa roupa que vocês estão usando hoje, Inma, Celia... Gostei muito.

— Obrigada. É um vestido novo.

— É mesmo? Onde você comprou? Eu adoraria ter um igual.

— Ganhei na semana passada, porque ficou pequeno na minha prima, aqui em cima, porque ela já tem peitos de mulher. Mas só foi usado duas ou três vezes. Então na verdade é quase novo.

— Deve ser da feira, não é?

— Não, acho que não. Minha prima costuma comprar tudo no bairro, não vai tão longe.

— E onde fica a feira, Celia? Eu nunca fui lá.

Alicia falou "Celia" e procurou seu olhar. Antes reparou em Eva, a língua entre os lábios, concentrada, e em Inma, o olhar fixo numa paisagem que tentava reter; por último, em Celia. Celia tinha cruzado os braços, depois de tampar a caneta, e se adiantara a ela: seus olhos, furiosos, já estavam cravados nos seus. Nesse instante, Alicia se deu conta de seu erro: como se já não soubesse que, ao caçoar de Inma, esta tomaria sua maldade por curiosidade, sentindo-se lisonjeada pelo interesse de Alicia em saber de sua vida. E até, talvez, naqueles minutos de conversa tenha se iludido com uma amizade de tardes de verão na frente da TV, embaixo do ar-condicionado. Mas com Celia era diferente: cada ataque contra Inma lhe doía, e cada ataque contra ela mesma a enfurecia. Uma palavra dela bastaria para ferir Alicia, que tinha presenciado suas reações nos corredores, no dia em que quase foi expulsa, porque o Dani levantou a saia de Inma, e Celia o agarrou pelo colarinho; os pés do Dani a poucos centímetros do chão, as mãos de Inma crispadas, e seu olhar era exatamente o mesmo de agora.

— Montam a feira perto da igreja, no estacionamento que fica perto da estrada da zona industrial. De terça e de sexta. Eu nunca vou porque é na hora da aula, mas minha mãe costuma dar uma volta por lá quando está sem trabalho, para se distrair. Estes jeans aqui são da feira, e esta camisa é da nova loja de saldos, perto do primeiro bar que seu pai abriu. Tem um tio da sua mãe que mora por ali, não é? Acho que ele é meu vizinho.

Naquele momento, a resposta de Celia deixou Alicia sem ação, porque queria uma cena diferente; que a outra descruzasse os braços e batesse nela, que Eva gritasse e sua mãe irrompesse na sala. No dia seguinte todo mundo comentaria o caso na escola, e talvez até o monitor chamasse os pais de Celia, de Inma e de Alicia para tentar resolver o problema a poucos dias do fim das aulas. Mas Celia se calou e retomou sua tarefa, com um pouco mais de pressa, ansiosa para acabar o quanto antes de transcrever o texto que lhe correspondia. Alicia reconheceu que Celia era inteligente; inteligente e rápida nas respostas, direta. Lamentou ter passado um ano inteiro tão perto dela e não terem conversado mais; lamentou, também, subestimá-la e agredi-la daquele jeito. Não, na verdade, naquele momento Alicia se divertiu com a situação, Inma caindo na armadilha das suas lisonjas e Celia humilhada, sem internet nem televisão, com seus babados ridículos. Alicia não pode fazer de conta que aos treze anos sentia o arrependimento dos trinta; tampouco pode forjar para sua adolescência uma empatia que, de resto, continua a lhe faltar.

Aí o telefone tocou.

Uma das questões que mais a preocupavam, Celia explicava a Inma em suas conversas, era detectar as alunas capazes de despertar nela as imagens daquela tarde. Ela havia identificado um modelo, que apelidara de "Alicia", que tinha as mesmas características de sua ex-colega. Uma garota que se sentisse superior às outras por qualquer motivo, porque sua família era mais rica ou porque se achava mais bonita ou mais inteligente, e que se aproximasse de colegas mais pobres, mais feias, mais burras. Como quando na piscina você se apoia nos ombros de alguém para tomar impulso, para saltar e ao mesmo tempo fazer o outro afundar. Todos os anos, poucas semanas depois do início das aulas, Inma e ela se telefonavam para analisar suas alunas: primeiro, com o entusiasmo da descoberta, depois com o tédio de quem sabe a lição de cor. Celia pensava que Inma não notava tanto a presença das Alicias porque em ciências era mais difícil humanizar os alunos, mas em história da arte a própria matéria facilitava a tarefa: uma Alicia, explicava Celia, uma Alicia não se emociona. Uma Alicia finge que se emociona; arregala os olhos porque sabe que é o que ela deve fazer, o que se espera dela. Aquela garota foi transformada num arquétipo. Despida Alicia de suas fraquezas e de suas bondades, o passar dos anos tornou Inma e Celia — Celia e Inma — espectadoras: ocuparam duas cadeiras junto à mesa da sala, ouviram o telefone tocar, as palavras de Carmen e o choro de Eva — o que terá acontecido com Carmen, o que terá acontecido com Eva? —, o silêncio de Alicia. Mas o tempo as afasta, expulsa as duas da cena: primeiro, Celia e Inma se sentaram na varanda para assistir ao que se passava dentro da sala; depois, correram para a rua, de novo junto àquela faixa de pedestres de onde contemplavam o janelão.

— Aí o telefone tocou — Celia sempre resolvia a cena assim. — Que jeito mais absurdo de a vida virar de ponta-cabeça, não? Com um telefonema.

Aí o telefone tocou. A mãe de Alicia atendeu, como sempre: o telefone tocara na sala e o telefone tocara em seu quarto. Alicia não entendeu por que ela irrompeu daquele jeito diante de suas colegas; estranhou que a mãe, que fazia questão de nunca aparecer sem maquiagem, mesmo para as próprias filhas, permitisse que aquelas duas desconhecidas pudessem reparar nas varizes que iam surgindo em suas pernas, teias de aranha arroxeadas perto do joelho. O telefone tocou, e Alicia ouviu algumas palavras da mãe, ela disse que a agenda não estava à mão, que ele a guardava no escritório. O rumor dos seus passos, no entanto, não seguiu até aquele cômodo, e sim para a sala onde as meninas estavam: a mãe irrompeu, localizou uma agenda de capa preta sobre o móvel da televisão, sem se importar com a presença de Celia e Inma, e atendeu a extensão da sala.

— Alô? Pronto, achei. Estava em outro lugar. Acabei de lembrar que ontem à noite ele fez umas anotações na agenda enquanto assistia à televisão e a deixou por ali. Anote o número.

A voz da mãe deteve o chiado das hidrográficas contra a cartolina. Eva parou de colorir, Alicia também; Inma soltou a tesoura sobre a mesa e Celia voltou a tampar a caneta. As amigas se entreolhavam, atentas à conversa, tentando descobrir a voz do outro lado da linha, de quem era, do que estava falando.

Aí o telefone tocou, e aquela mulher entrou na sala como uma aparição: a camisola preta sobre a pele branquíssima, pretas as alças e preta a renda sobre a pele branquíssima, as olheiras delineadas pelo rímel escorrido. O telefone tocou, e nem Alicia nem Eva se mexeram para atender: Celia e Inma adivinharam a voz da mãe ao longe, a uma distância muito superior à do corredor. Sem disfarçar, as garotas interromperam o que estavam fazendo para escutar: nem pontas de canetas contra a cartolina grossa, nem gume de tesoura para imitar uma silhueta de montanha. Carmen gaguejou enquanto procurava um endereço — segundo Inma — ou um telefone — segundo Celia —, ditou os dados, agradeceu a ajuda.

— Isso eu não sei, porque ele costuma sair antes de eu acordar. Ontem à noite, disse que hoje visitaria todos os restaurantes...

Imaginei que almoçaria no do centro, porque estivemos lá anteontem com o meu tio. Você está dizendo que ele não foi visto em nenhum dos restaurantes, a nenhuma hora do dia? E que já ligou para todos os lugares? Não, não estou duvidando, só perguntando. Pode passar para o meu tio, por favor? Certo, então diga para ele me ligar assim que chegar a um dos restaurantes, avise em todos que é para meu tio me telefonar, seja de onde for. Não estou nervosa, mas você há de concordar que é muito estranho, não é? Não estou ficando nervosa. Só peço que você não fale comigo como se eu fosse uma idiota. Olhe, eu vou é chamar um táxi e ir para aí. Deixem avisado que é para meu tio ir também, assim que ele terminar. Não voltem a ligar para minha casa antes de eu chegar aí.

Carmen desapareceu da sala da mesma forma brusca em que aparecera diante de Celia e Inma: uma presença brotada não sabiam de onde. Para Celia e para Inma, Carmen se transformara em alguém de fora deste mundo.

O que Alicia recorda é que naquela tarde a mãe a chamou em seu quarto, enquanto se trocava para sair, e disse:

— Alicia, seu pai desapareceu. A manhã inteira não passou por nenhum dos restaurantes, nem pelo escritório, nem pelo apartamento novo. Não atendeu o telefone, que agora já nem dá sinal. A secretária ligou para os hospitais e para a polícia, mas ninguém sabe de nada. O tio Chico saiu para procurar por ele de carro, parando em cada um dos restaurantes para que avisem que não o estão encontrando. Diga para suas amigas irem embora, por favor.

O que aconteceu naquela tarde, porém, é que sua mãe a chamou em seu quarto, enquanto se trocava para sair, e disse:

— Não estão encontrando seu pai, Ali. Eu vou para o restaurante do centro para ver o que aconteceu. Tome conta da Eva, por favor, e não diga nada para ela. Vou pedir para a tia Sole vir ficar com vocês, espero conseguir falar com ela antes de chamar o táxi... abra a porta só para sua tia e para mais ninguém, porque ela não tem as chaves daqui, ou para seu pai, claro, se ele chegar. Suas amigas podem ficar, se você quiser a companhia delas para se distrair. Não diga nada a Eva. Coloque um desenho, assim ela se entrete e não se assusta.

Uma família estava subindo a serra para jantar, fugindo do calor da cidade, e a filha pequena identificou o corpo do homem ao longe. A menina festejou o achado: parecia o bonequinho do jogo da forca, a cabeça amarrada na corda, a corda pendurada no galho, as linhas pontilhadas embaixo caindo dos pés que nunca tocariam o chão. A mãe gritou, horrorizada, e o pai hesitou entre acelerar para esquecer aquilo ou parar no acostamento. Estacionou a poucos metros — um carro estatelado contra uma árvore, o carro do enforcado; era um milagre que não tivesse pegado fogo — e se aproximou com cautela, como se a morte pudesse contagiá-lo. O morto fechou os olhos ao saltar, e o calor secara o sangue no nariz e na boca. O homem vivo voltou ao automóvel, dirigiu até o posto de gasolina mais próximo, ao pé da serra, e dali ligaram para a polícia.

Durante os primeiros dias, no bairro falou-se em acidente: a família pensava em se mudar para um chalé, porque o apartamento novo tinha ficado pequeno mesmo antes de morarem lá; ou o morto estava tentando ampliar seus negócios comprando uma das churrascarias no alto da serra, e na pressa de voltar perdeu o controle do carro. Alguém — o homem vivo, algum funcionário, talvez os policiais que recolheram o corpo — descreveu a forca improvisada com os cintos de segurança, o carro atirado contra uma árvore na tentativa de simular um acidente, e os comentários correram à boca pequena pelos bares do bairro, pelas cozinhas dos seus restaurantes. Perguntavam a Inma e a Celia se elas tinham ouvido algo estranho naquela casa: Inma dizia alguma coisa, Celia nunca dizia nada; em torno delas também se construiu a lenda de que presenciaram o choro desesperado de Carmen ao atender o telefone ou quando lhe comunicaram a morte do marido. Durante meses surgiram amigos íntimos do casal, cúmplices de suas escapadas à praia, testemunhas de relações paralelas e até quem afirmava que o morto aparecia em seus sonhos, revelando segredos, jurando vingança.

Meses mais tarde, durante a inauguração da reforma da avenida, uma vizinha se atirou do terraço de seu prédio, e o corpo se estatelou — envolto num lençol branco, impedindo a visão da queda — a poucos metros da prefeita. Quando chegou o outono, ninguém mais se lembrava de Carmen, de Alicia, de Eva, do homem enforcado no alto da serra, e elas já estavam instaladas em outra vida.

A temperança

Madri, 1975

Pernas para cima: ordena María, uma fina camada de talco re-
cobrindo as mãos. Por favor. Pernas para cima, ajude um pouco.
Isso. Muito bem. Acabava de lhe dar banho, portanto agora só
precisava conseguir que se deitasse para lhe colocar as fraldas;
quando precisa trocá-la em outros momentos, María estende
uma toalha para não sujar a colcha, esquenta um pouco de
água — às vezes da torneira da banheira, às vezes esquenta no
fogão, como se fosse fazer um chá —, molha um pano e passa
por sua bunda, ensaboa, enxuga. Ela monta e amarra as fraldas — um pedaço de tecido grosseiro, como um retalho de
lençol que não chega a reter a merda nem a urina — em volta
do corpo com a naturalidade de quem faz isso a toda hora, várias vezes por dia, todos os dias há muitos anos: o corpo na ho-
rizontal sobre a cama, os olhos fechados — o olhar do corpo
nunca se cruza com o de María, como se tentasse apagá-la da
cena: uma lógica estranha, pensa María, essa de que não existe
aquilo que não vemos —, pernas para cima. Põe as pernas para
cima e se esforça para erguer os glúteos e arquear as costas,
às vezes geme, e María aproveita para encaixar o tecido entre o corpo e a cama, pernas para baixo, e enfia o resto do tecido por entre as coxas, um nó de um lado do quadril e outro
do outro lado. María lhe oferece as mãos para que se levante:
ela estende os braços, fecha o punho em torno do dorso da
mão de María, aperta o polegar, María a puxa em sua direção.
Conseguem se estabilizar. Já não repara no corpo fragilíssimo

na beira da cama, que resiste com as mãos aferradas à colcha, ignorando que o tecido não evitaria sua queda, que ao perder o equilíbrio arrastaria junto a manta, talvez também o lençol. Por um momento, enquanto procura a roupa para vesti-la, María imagina o modo como o corpo se chocaria contra o chão: saco de ossos, carne escassa sobre os ossos velhos, pele seca e quebradiça. Se o corpo caísse enquanto María — de costas — procura as calcinhas, as meias até os joelhos, um vestido para hoje, será que o baque chamaria a sua atenção, ou o confundiria com a queda de um objeto num apartamento vizinho? Um objeto no andar de cima, um livro caindo do regaço ao chão: o peso de dona Sisi a poucos centímetros dela equivaleria ao peso de um objeto vários metros acima? O ar e a distância, o corpo de dona Sisi — um gemido agudo, talvez uma chamada de atenção: ai, María, está doendo — sob o lençol, sob a colcha, nu — as fraldas de tecido rústico, bebê de oitenta anos — sobre a madeira fria.

Durante o banho, María observa o corpo: avalia danos, compara o de hoje com o de ontem. Repara numa ferida nova ou na cicatriz de uma ferida de dias atrás, e às vezes pensa em avisar a filha sobre a rapidez com que o corpo está se degradando: María a ajuda a entrar na banheira — com cuidado — e permite que a mulher fique um pouco sozinha, cinco ou dez minutos, enquanto a água amorna. No início, María perguntava se ela queria ouvir música e trazia o radinho da cozinha; depois notou que o silêncio ou o rádio não faziam grande diferença para a mulher e passou a se poupar desse esforço. Então, quando calcula que a água já começa a esfriar, María se ajoelha ao lado da banheira e esfrega a esponja contra a pele tensa, nem um único pelo sobre a pele tensa, linhas finíssimas de sangue seco sobre a pele seca, tão tênues que nem chegam a formar crosta: é como se as linhas se abrissem uma vez após outra e após outra, talvez o mesmo sangue diferente. María realiza os movimentos com doçura, mais que com eficácia: desliza a esponja sobre a pele, braços abaixo, tronco acima, procura fazer com que a mulher não se mexa; ainda não se acostumou — sabe que nunca se acostumará — aos seios e ao púbis nem ao pudor. Quanto ao cabelo, decidiram cortá-lo alguns meses atrás, porque em várias discussões a senhora arrancou alguns tufos brancos; a cada quinze ou vinte dias, María apara com cuidado o cabelo que começa a cobrir as orelhas, que desce pela nuca. María evita os olhos da senhora ao enxugá-la, apenas apertando a toalha de leve: no rosto — aqui a pele também seca, enrugada, pele contra pele em volta dos olhos e da boca —, no resto do corpo. Vamos lá, María sempre avisa, ou já terminamos, ou qualquer outra mensagem que a mulher, ao ouvi-la, saiba — ainda a reconhece — que deve reagir, estender os braços e com eles rodear o pescoço de María: apalpa o vazio até alcançar a moça, e então María segura o corpo como pode, envolve-o numa toalha e o leva do banheiro até o quarto. Procura carregá-la não como se fosse um fardo, mas imprimir certa delicadeza ao movimento, às vezes simula uma risada ou cantarola para atenuar a severidade da situação, manobra para que o corpo não escape, não goteje, e ela seja obrigada a voltar atrás para limpar os pingos antes que sequem e manchem o chão. Até que María coloque nela as fraldas limpas, até que vista a sua roupa, desde o momento em que fica nua para o banho, a mulher fecha os olhos: se consegue não ver o próprio corpo nu, se não vê outra pessoa lavando seu corpo nu, essa cena não ocorre.

A cada aniversário a velha senhora perde um tanto de peso e de memória: quando María começou a trabalhar na casa, a mãe ainda tomava banho sozinha e de tarde recebia as amigas. As conversas chegavam até a cozinha; os temas, inclusive as palavras que elas escolhiam, transportavam María a alguns filmes em cartaz nos cinemas a poucas quadras dali. Recordavam qual

era o santo do dia, lamentavam seus achaques, deleitavam-
-se relembrando casos das décadas passadas: festas, vestidos,
joias, a mediocridade atual em comparação com os anos 50, a
pura felicidade de suas biografias. O falatório das senhoras não
despertava curiosidade em María, e sim uma raiva nova, que
não ecoava outras raivas. María pensava em sua própria vida
naquela época: do barraco dos primeiros anos, só sabia o que
a mãe lhe contara, quando falava com ela, mas se lembrava do
lamaçal no bairro novo depois dos temporais e de alguns domingos gelados no parque da alameda, com as famílias esticando a hora do almoço, ou das manhãs de verão no moinho;
até que um dia proibiram de tomar banho lá, e Chico nem chegou a conhecer o lugar.

A filha da senhora rezava o rosário de manhã; a mãe a acompanhava na ladainha e evitava os mistérios, as demais orações.
Enquanto rezavam, proibiam María de ouvir o rádio: ela abs-
traía suas vozes e se dedicava a lavar louça ou aproveitava para
descer e comprar alguma coisa. Também à tarde mãe e filha
se separavam: até que demoliram a igreja ao lado da estação
Argüelles, a mãe e as amigas subiam a rua Princesa de braços
dados e merendavam em alguma confeitaria do caminho; a filha atravessava a rua até a igreja de São Marcos ou descia até a
dos carmelitas. Primeiro morreu uma das velhas amigas; poucos meses depois, mais uma; a essas ausências somou-se a daquelas que adoeciam, já incapazes de percorrer outro caminho além do que as levava do quarto ao banheiro, e a de quem
notava na fala de Sisi os primeiros esquecimentos: uma palavra que foge, a incapacidade de pronunciar um nome. A mãe
ficou sozinha com a filha; se María não tivesse espanado o pó
das molduras de prata, poderia achar que as duas eram fruto de
um experimento. Os retratos mostravam um homem insignificante, com um bigode finíssimo e anacrônico: magro, com a
mulher vestida de noiva aferrada a seu braço; translúcido nos

57

barcos do lago do Parque do Retiro, dona Sisi de cabelos bem encaracolados com uma menina no colo; nada, quase nada mais recente, quando a filha de então já começava a se amoldar à filha de hoje e a mãe ainda conservava certa graça, enfeitada com um broche, exagerando a felicidade. Existiu um pai, como esses três retratos provavam; o que houve com ele, como desapareceu, María nunca soube.

A filha tinha pavor de que a igreja frequentada pela mãe desabasse sobre sua cabeça; embora o prédio tivesse sido restaurado depois da guerra, ela se negava a acompanhar a mãe e preferia caminhar em outra direção, por mais que isso implicasse abandoná-la à própria sorte para assim não morrer sob os escombros. Também evitava que qualquer homem entrasse na casa se estivesse presente — com a mãe já doente, María atendeu e pagou o encanador com o dinheiro que a filha lhe deixou —, e em duas ocasiões obrigou María a jogar fora a comida por ter errado o cardápio da Semana Santa. Para ela, no entanto, as manias e a desconfiança da filha eram um sossego: não queria que ela dormisse lá, em hipótese alguma, esclareceu no primeiro encontro, quando María a procurou, recomendada a ela por uma vizinha em cuja casa trabalhava uma amiga de sua tia, por ter pânico de que as roubasse durante o sono, ou se vingasse de qualquer trauma arrastado por gerações, sufocando-as com um travesseiro, ou sabe Deus o que essa moça saída do nada seria capaz de fazer. A filha nunca consentiu que María variasse a rotina: vir a pé da estação Ópera do metrô, trocar a roupa da rua pelo uniforme, limpar, lavar, passar e cozinhar, depois conversar com dona Sisi, todo dia sem falta, para verificar se guardava números e sobrenomes, mais tarde cuidar de que dona Sisi não teimasse em esquentar o café por conta própria, por último dar banho nela e vesti-la, trocando aquele tecido grosseiro. Devem existir fraldas descartáveis, suaves como as dos bebês, só que maiores; eu posso procurar, ofereceu María. A filha recusava a oferta, condenando a mãe às assaduras, a noite inteira o cheiro da merda e do mijo, que muitas vezes atravessava os lençóis e molhava o colchão. Embora María tivesse proibido a si mesma de se afeiçoar às famílias para as quais trabalhava — já havia falhado com a criança da primeira casa; mantenha certa distância, advertiam as outras moças quando se encontravam no mercado, porque uma hora você sai do mesmo jeito que entrou —, toda manhã sentia algo por dona Sisi, que tinha seus lapsos de lucidez, mas em geral apenas fechava os olhos porque — como se sabe — aquilo que não vemos não existe. Não era pena nem pesar; não exatamente pena, não exatamente pesar.

— Hoje é o dia do meu santo — anunciou a senhora.

Só então María se deu conta: nunca tinha ouvido esse nome antes de que a recebessem naquele apartamento na rua Ventura Rodríguez para conhecê-la, para dizer quanto lhe pagariam e tudo o que não tolerariam. Naquele primeiro encontro, excetuando os rosários, ela ouviu a voz da filha da senhora mais do que em todos os demais dias até hoje: em geral utilizava frases muito breves, sempre ordenando o que fazer e como fazer. María contou que vivia com os tios em Carabanchel, que não era de Madri. Não mencionou Carmen, que ela sempre omitia, nem Pedro, que ainda não tinha conhecido. Você é religiosa? É piedosa?, perguntou a filha; sim, claro, respondeu María. Anos mais tarde, quando a senhora adoeceu, María entendeu por completo o significado de sua resposta. Não exatamente pena, não exatamente pesar: piedade. Piedade não por aquelas mulheres que mandavam e pagavam, evidentemente, mas por si mesma.

— Hoje é dia do meu santo.

María pediu para a senhora escolher um vestido, escolher uma medalha ou um anel no porta-joias; perguntou se queria que lhe pintasse os olhos e os lábios, mas dona Sisi nunca respondeu. No começo, quando a filha saía antes para a missa porque era dia de confissão e as amigas da mãe ainda não tinham chegado, a senhora e María conversavam. Preferiam o ruído de suas vozes ao do rádio: falavam do tempo, do que uma comeria e a outra cozinharia no dia seguinte, dona Sisi insistia que María lhe contasse detalhes da sua origem que ela considerava exóticos, toda aquela gente numa casa tão pequena, e você diz que costurava com essas mãos tão feias e esses dedos tão grossos. Dona Sisi? A senhora ganhou esse apelido por causa do filme? Meu Sisi é com um "s" só em cada sílaba, corrigiu; o da imperatriz, com dois "ss" na segunda. É de Sisínia, em homenagem a Sisínio. Foi papa durante vinte dias, no início do século VIII. Adoeceu de gota e dependia dos outros para se alimentar. Meu pai achou graça nisso. Todo 23 de novembro, mãe e filha almoçavam fora para festejar o dia; quando a senhora adoeceu e não convinha que ultrapassasse a soleira da casa, a filha insistia para que o almoço compensasse o confinamento. María se esmerava: assava um quarto de frango para a filha e outro quarto para que a mãe tomasse um consomê, legumes em purê para a mãe e glaceados para a filha, preparava uma sobremesa — creme de ovos, da primeira vez; a filha não gostou e insistiu que María se refinasse na cozinha — que dona Sisi pudesse engolir sem riscos.

— Quando é que minha filha volta?

María mentiu: logo mais, respondeu sem saber. Escolheu pela mulher um vestido de mangas compridas, bordô, de tecido grosso para protegê-la do frio; colocou-lhe as anáguas, as meias, o vestido e os sapatos, e a mulher esticou as mãos para que María a puxasse, e assim, juntas, caminharam até a sala. A senhora segurou no braço de María, e a passos minúsculos percorreram aquele apartamento de pé-direito alto, com luz escura — nenhum produto de limpeza conseguia clarear os vidros das janelas — e um corredor com três quartos. O principal, onde o pai dormia antigamente, estava fechado; María entrava ali algumas manhãs, para arejar e tirar o pó. Ladeando esse quarto, o da esposa e o da filha, com móveis iguais; o da mãe, sempre com um vaso de flores frescas que María procurava renovar, embora dona Sisi já nem sequer o apreciasse. Um pé, depois o outro, passo a passo até a sala, até que a senhora desaba no sofá; María a cobre com uma manta, porque não quer ter de lidar também com um resfriado da idosa. María liga a televisão e vai para a cozinha, um chá de camomila para dona Sisi — e vai vigiá-la enquanto toma —, um café para ela; às vezes, enquanto esperam a filha voltar, a senhora e ela se sentam juntas diante da televisão e assistem a algum programa; quando o elevador se aproxima do terceiro andar, María se levanta e volta para cozinha, por via das dúvidas. Nas merendas dos primeiros anos, chamava a atenção de María a forma como dona Sisi floreava suas histórias: no prédio havia apartamentos maiores, sem dúvida, com mobília mais luxuosa — María intuía a diferença quando descia para pedir um pouco de leite ou de sal, e fazia o que podia com o dinheiro para a compra —, mas a mãe subjugava a todos com suas descrições, convencendo-os da glória de seu passado.

— Desligue a televisão. Tem bagunça na rua.

Na sexta-feira, María foi recebida com as persianas fechadas, sem televisão nem música, no máximo algum bate-papo no rádio, fale somente o imprescindível, nesta casa respeitamos os mortos: a filha proibiu qualquer som e saiu no meio da manhã. Já passada a hora do almoço, colherada a colherada a sopa da mãe, María a dela na cozinha, interpretou que a filha não almoçaria em casa e guardou sua comida em potes, caso voltasse mais tarde com fome. A filha chegou poucos minutos antes da hora em que María costumava sair, já preocupada se teria que ficar para não deixar dona Sisi sozinha. A filha perguntou: você vai pela Ópera? María primeiro interpretou que era um aviso para que evitasse o entorno da estação, por causa da aglomeração, mas depois se deu conta de que o significado por trás da pergunta era outro: você vai à capela do velório? Era isso que a filha queria saber, e María respondeu que sim, claro que sim; entendeu que era isso o que se esperava dela. A filha respondeu que assim é que gostava, que gostava de saber que ela era uma mulher decente, e María saiu para a direita, em direção à rua de Ferraz, mas, ao chegar à Plaza de España, mudou de ideia e subiu até a Gran Vía, seguiu até a estação Callao, pegou o metrô de volta para casa. María contava com as folgas nas tardes de sábado e domingo, bastava deixar o jantar pronto para a filha esquentar, mas na hora de sair a filha a avisou: que dias complicados, você pode imaginar; talvez você tenha que cuidar da senhora além do horário normal. A senhora, sua mãe: María não imaginava o motivo, mas disse que sim, claro. No domingo, quando entrou na cozinha pela porta de serviço, como todos os dias, não ouviu as rezas da filha em seu quarto, mas o lamento da mãe, com as fraldas sujas sabe-se lá desde quando.

— De onde você veio?

Algumas manhãs a mulher lhe faz essa pergunta: de onde você veio? Como chegou aqui? María fica em dúvida se retoma o hábito de corrigi-la, como nos primeiros anos, substituindo o boletim meteorológico pelo mapa da cidade; se deve corrigi-la quando a mulher a confunde com a filha ou se desconhece seu rosto a cada dia. María descreve seu percurso, com paciência: o portal, as ruas, a estação do metrô, os rostos que se repetem no vagão. Diante da indiferença de dona Sisi — María não sabe se não a escuta, se não se interessa ou se esquece tudo de um dia para outro —, modifica seu relato: não acorda em seu apartamento, e sim no dos tios, onde ainda morava quando começou a trabalhar lá, ou então lhe conta tudo o que recorda do trecho entre a casa dos pais e a oficina de costura. A rua comprida de fachadas caiadas com cal barato, umas idênticas às outras, impossíveis de distinguir sem olhar o número — alguns donos resistiam a pôr a placa — ou escutar as vozes que vinham de dentro. A rua comprida que desembocava em outra rua igual, e a memória a tinge não do cinza do asfalto de Madri — é a cor que lhe vem quando pensa em suas ruas e calçadas —, e sim do marrom da terra do seu bairro. E não é mais seu bairro, observa quando, na história que desfia para dona Sisi, ela fecha a porta, bate perna até as casas terminarem e vira à esquerda, até o ponto de ônibus. Conforme avança, as casas deixam de se parecer com aquela onde moram Sole e Chico, seus pais — na sua lembrança, Carmen ainda não nasceu —, e tem a sensação de que essas imagens pertencem a outro lugar, de que os prédios e as pessoas não transparecem pelo vidro, mas se projetam nele, como numa tela de cinema. Ela não pertencia à cidade daquelas casas que via de dentro do ônibus, daqueles edifícios — e do que devia acontecer dentro deles — que rodeavam a oficina de costura; tampouco à cidade da primeira casa, a do menino com cheiro doce, nem à do apartamento escuro de dona Sisi e sua filha. Depois ela saberá de tudo, claro, mais tarde pensará em tudo; agora María fala enquanto dona Sisi fita a televisão desligada, o vaso vazio, e às vezes responde está bom, ou ah, você já está aqui, ou quer um copo de água?, ou não diz nada.

Desde sexta-feira — na quinta à noite, Pedro foi até sua casa para lhe contar o que tinha acontecido, caso ela não soubesse: não existe ninguém neste país que não saiba, ela rebateu, com a sensação de que às vezes ele a subestima —, María já não desce mais na estação Ópera para depois contornar a praça a pé, mas passou a baldear na estação Callao e pegar a linha amarela até a Ventura Rodríguez, na esquina da casa, ou a descer a Gran Vía a pé, olhando as vitrines. Pedro a aconselhou a manter distância da praça do Oriente, e María prometeu que evitaria a área, mas que teria que dar um jeito de chegar ao apartamento. Como a filha não estava na sexta, não estava no sábado e não está hoje, María ontem não se conformou em almoçar na cozinha e serviu seu prato na mesa da sala. A filha esperou toda a sexta-feira para entrar na capela do velório e voltou no sábado, e participou da oração na paróquia. Hoje vai rezar de novo a poucos metros de casa, ou será que ela convenceu algum vizinho a lhe dar uma carona até Cuelgamuros? María não lhe perguntou, a filha não explicou: a bolsa e o casaco, e fora de novo, batendo a porta. Nem a mãe nem a filha dizem nada, nunca: nos móveis, fotografias quase sem contexto, algumas com o homem que María supõe ser o marido e o pai, nunca ousou perguntar se ele faleceu; nenhuma das moças dos outros apartamentos sabe de nada. Costumam aguentar poucos anos: trabalham nas casas alheias e se casam e passam a trabalhar na própria, ou se cansam e mudam para outra casa, todas muito novas e de Cádis, Múrcia, Badajoz. Não se chamam pelo nome, e sim pelo apartamento onde limpam, lavam e cozinham, María dá banho na senhora e troca suas fraldas, a do primeiro à direita não suporta os gêmeos, no apartamento de cima não duram mais do que dois ou três meses. Quando María deixar de trabalhar lá, ninguém voltará a saber nada sobre ela: desaparecerá, como se nunca tivesse existido.

María ouve o ruído do elevador e, pelo tempo que passou, acha que pode ser a filha; mas o elevador não para no andar, segue até o de cima, e María relaxa. Volta sobre seus passos — já se dirigia à cozinha — e observa a senhora, o corpo no sofá, a manta sobre o corpo largado de qualquer jeito. Ela não lhe perguntou nada, e María não costuma falar sem que lhe dirijam a palavra — às vezes apenas duas ou três expressões carinhosas quando lhe dá banho, ou a troca, ou a veste, para acalmá-la —, e o silêncio entre as duas a incomoda. Não resta muito o que fazer: depois de arrumar dona Sisi, limpa a casa, faz hora para preparar o almoço e deixar algo pronto para o jantar. A senhora pediu para ela desligar a televisão porque queria identificar o barulho da rua, sem associar as imagens na tela aos sons vindos de fora, e quando María voltou a ligá-la, a velha fez que não: entrecerrou os olhos, mexeu a mão direita de um lado para outro, com esforço. Embora a mulher não tenha demonstrado interesse em saber o que estava acontecendo, María não sabe como explicar e opta por descrever o que a televisão vem mostrando há alguns dias: reconhece que as filas a impressionavam, pequenos corpos saindo do palácio e pequenos corpos deixando para trás a igreja dos carmelitas; pequenos corpos que se confundiriam com dona Sisi e com sua filha, também com ela mesma, com Pedro, com seus pais. A filha não volta, e María já não sabe mais o que dizer: ainda longe da hora do almoço, desobedece a mulher e liga de novo a televisão, ruído de fundo. Observa dona Sisi, os olhos fechados, dormindo no sofá: acontece com frequência, ela dorme muito desde que adoeceu, por causa dos medicamentos ou da velhice, ou porque não lhe restam muitas opções em sua rotina além de fechar os olhos para não ver, dormir, abrir os olhos e voltar a dormir. María se senta de novo ao lado dela, no sofá; de forma instintiva, procura sua mão — pela primeira vez, que ideia —, procura a mão sob a manta e sente que está fria. Não estranha, por causa da temperatura fora da casa, a lógica do tempo: final de novembro, domingo 23, santa Sisínia. A senhora está dormindo, ou assim parece: María toca seu ombro de leve, a ponta dos dedos da mão direita — a esquerda pousada sobre a mão fria — tocando o ombro, primeiro tateando, depois insistindo; a mulher não reage. María a chama, dona Sisi, num sussurro, caso esteja dormindo, depois insiste, repete Sisi, repete Sisi, e o nome se transforma numa expressão de desejo: María não quer que aconteça o que acha que aconteceu. A voz alta, cada vez mais alta: dona Sisi, Sisi, senhora, responda, o corpo deslizando para o lado contrário, saco de ossos, carne escassa sobre ossos velhos, pele seca e quebradiça. María solta a mão da senhora, afasta seu corpo do dela, pensa no que fazer. O que fazer, María? Procurar ajuda, procurar alguém. Um telefone? Ligar para quem? Para Chico, para Pedro, para seu tio naquele primeiro apartamento que ela visita tão pouco desde que se mudou para o seu? Procurar ajuda, procurar alguém: o porteiro, algum vizinho. Um homem vai saber como agir.

Não sai pela ala de serviço porque em alguns apartamentos dão folga aos domingos, e talvez não a escutem chamar desse lado. Deixa a porta aberta, deixa dona Sisi sem responder no sofá, o corpo tombado para a esquerda, ossos e carne e a pele muito tensa que María se nega a pensar rasgada, devorada por vermes; guarda as chaves do apartamento no bolso do avental e não espera o elevador, corre escadas abaixo até a portaria. A portaria está fechada: domingo, ninguém responde. María toca na casa do porteiro, o punho fechado batendo seco contra a porta, toc-toc-toc-toc-toc-toc, o golpe cada vez mais alto, abra, me escute, aqui é a María, María de dona Sisi, do terceiro, a voz cada vez mais alta, toc-toc-toc-toc-toc-toc, preciso de ajuda: ninguém responde. A orelha contra a porta: nada escuta. María recua um passo e mais um passo, sobe as escadas até o primeiro andar, toca a campainha da porta da esquerda e da direita, respira cada vez mais forte por causa do esforço e da aflição, repete abram, me escutem, é a María, María de dona Sisi, ajuda, socorro. A situação da portaria se repete: ninguém abre, que domingo ótimo para o porteiro e sua família, refugiado na casa de um parente em outro bairro, com a mulher e os filhos diante de um prato de arroz em Villaverde Bajo, que domingo ótimo para a família do primeiro à esquerda e a família do primeiro à direita, não é difícil situá-los apinhados junto à filha de dona Sisi numa calçada, lenços brancos no ar, uma lágrima escorrendo do olho até o queixo. María, enquanto isso, percorre o prédio: vazio o escritório do mezanino, ninguém na portaria, vazios também os apartamentos do primeiro andar, sobe até o segundo. Sem ar, chama no segundo à esquerda, repete sua mensagem escutem, abram, dona Sisi, socorro, a de dona Sisi, escutem: ninguém responde desse lado. María insiste com a campainha, em largas passadas esmurra a porta do segundo à direita, grita ajuda, grita socorro, é a María da Sisi, abram. Não repara no possessivo que diz, pelo qual ela mesma entende ser uma propriedade da senhora; nesse momento não pensa nisso, naquele tempo não pensava nisso. Por fim escuta algo: um barulho, alguém arrastou uma cadeira ou uma mesa, madeira contra a madeira, os ossos e a carne sobre os ossos de dona Sisi contra o estofado do sofá. Estou indo, anuncia a voz que se escuta do outro lado, justo quando a porta — uma trava, mais outra, e um cadeado — se abre.

— Sou a María, a de dona Sisi, do terceiro. A senhora não me responde. Aconteceu alguma coisa com ela, porque não fala comigo, eu a sacudo e ela não reage. Me ajude, por favor.

— Os patrões não estão. Foram até o Escorial… Não sei se posso sair de casa. Não devem demorar muito para voltar.

María diz por favor. Diz por favor, e mais nada; entende que o modo como olha para a mulher acrescenta algo, que a dificuldade de respirar — a expiração como um arquejo — acrescenta algo, que seu corpo miúdo segurando-se na guarnição e no batente da porta acrescenta algo. A mulher que trabalha no segundo à direita responde que sim; que tudo bem, imaginando que, se os patrões voltarem, vão ouvir gritos no terceiro andar e vão subir para ver o que houve. Fecha a porta — demora-se: um trinco e mais outro — e segue os passos de María, escadas acima, María de dois em dois degraus, a mulher do segundo andar um degrau por vez. Vê que a distribuição não é a mesma — sempre ouviu falar da modéstia dos apartamentos da esquerda, com uma sacada a menos —, e valoriza o esmero com o que a senhora conserva os móveis. No sofá?, pronuncia em voz alta a mulher — um tanto mais velha que María, ouviu dizer que dorme num quartinho pegado à cozinha: ninguém se referiria a ela como a moça que trabalha no segundo à direita —, e María repete afirmando: no sofá. A mulher contorna o móvel e se aproxima de dona Sisi, a manta aparando o frio do chão. Inclina-se sobre ela, e María intui a mão da mulher tateando o pulso, o pescoço. María não se enganou, um toque no ombro, a mão fria; de certo modo, precisava que alguém confirmasse o que já sabia. Respira com dificuldade; jogou o avental no chão, como se a alça em torno do pescoço a sufocasse, mas continua respirando com dificuldade.

— Ai, María — a mulher se aproxima. — Sinto muito. Não tem pulso. Não está respirando. Sinto muito, mesmo.

De um modo desajeitado, María lembra que naquelas conversas para preencher o vazio, durante seus últimos dias lúcidos, dona Sisi lhe explicara mais alguma coisa sobre seu nome. Já sabia que tinha sido escolhido pelo pai — seu pai, uma expressão sem mais: a senhora nunca acrescentou mais detalhes, um nome ou uma origem, uma profissão, e em toda a casa não havia uma fotografia que incluísse mais alguém além da mãe, da filha, do homem ausente — e que era a versão feminina do nome de um santo que tinha sido papa, breve e doente. Mas a única menção que eu conheço da santa, de santa Sisínia, e aí dona Sisi baixou a voz, é numa oração para expulsar o diabo. A mulher olhou para um lado e para o outro, certificando-se de que a filha não tinha voltado sem que ela notasse — algumas vezes trancava-se no quarto ao chegar da missa e não saía nem para jantar ou comer algo —, e explicou que os possuídos só são enfrentados por duas mulheres: a Virgem e santa Sisínia. Jesus e o Batista, os arcanjos e os mártires, os profetas e os hierarcas: todos eles, todos homens, são invocados e nada mais. A quem se faz o pedido é a santa Maria, a mãe de Cristo, que tem o poder da palavra e da cruz, mas é santa Sisínia quem expulsa o diabo: ela é a única capaz, nenhum homem consegue fazer isso, nenhum outro santo, de tirar o diabo do corpo dos endemoniados. Meu pai achou graça nisso. E você, María, por que ganhou esse nome? Minha avó se chamava assim, e ela foi minha madrinha de batismo. Que bom, María, alegrou-se a velha senhora; se um dia o diabo chamasse à nossa porta, nós duas juntas o expulsaríamos. Enquanto isso, a mulher que trabalha no apartamento de baixo está perguntando o que fazer, o que é que eu faço, ligo para o hospital?, para a funerária?, nunca me aconteceu nada assim, e justo hoje, menina, esta não é minha morta; María não entende o possessivo, como se o cadáver de dona Sisi lhe pertencesse. Quando a recordação de María se esgota, a mulher já encontrou o telefone e ela escuta sua conversa: ligou para um médico cuidar do corpo morto, como se as santas daquela casa escura trouxessem a luz do milagre.

— Alô, estou ligando da rua Ventura Rodríguez, número 3, terceiro da esquerda. A dona da casa não respira, não nos responde, não tem pulso. Sim, eu sei que não têm como chegar. Mas a praça do Oriente já não esvaziou agora há pouco?

Hoje, pelo jeito, deve estar morrendo mais gente em Madri, ou será que proibiram as pessoas de morrer até que ele seja enterrado? E a mulher — que tenta não pronunciar "Franco", para evitar problemas — força a cumplicidade com María, que a observa sem ver: agora olhos para a frente, primeiro a mulher de pé junto à mesa baixa, depois dona Sisi no sofá. María não responde e deixaram a porta do apartamento aberta, e a mulher se arrepende do que disse, podem ter ouvido do corredor, ou María pode não ser confiável, ou a velha recuperar a consciência — o pavor de não saber diferenciar uma pessoa viva de uma pessoa morta: ela limpa e cozinha, não entende dessas coisas — e delatá-la a seus patrões, de novo o possessivo, de novo a posse de uns sobre outras. María não responde, e a mulher altera seu discurso, minha nossa, María, sinto muito, não sei o que você vai fazer, a mulher diz para consolar, enquanto María observa sua morta de longe. É sua morta, então? O que dona Sisi tem a ver com ela? A luz que penetra da rua nem chega a indicar o meio-dia, mas María e a mulher que trabalha no apartamento de baixo a vinculam a outra hora, muito mais tarde. Não é culpa da luz, nem sequer das janelas: María atribui isso — a quase noite — à cor dos móveis, dos seus uniformes, do vestido que escolheu para dona Sisi. Também ao corpo morto, tombado sobre o lado esquerdo do sofá, saco de ossos, pele dura sobre a carne exígua, seu peso escasso sobre o móvel velho, María recorda que a velha senhora fechava os olhos para não saber o que acontecia: quando eu não vejo uma coisa, essa coisa não existe. Alguém entra na casa — um médico ou a filha, o porteiro, os patrões do andar de baixo reclamando seu prato de comida — e não percebe: María abre bem os olhos.

O enforcado

Córdoba, 1999

Seu corpo agora pende da viga do salão nobre: alguém amarrou suas mãos nas costas e a pendurou pelo tornozelo direito com força suficiente para que o nó não cedesse e seu corpo se chocasse contra o chão. Isso acarretaria um dano físico, claro, a dor do impacto, talvez algum osso quebrado — a pouca distância entre o teto e o chão não implicaria maiores consequências —, e quem pendurou a adolescente não quer mais que envergonhá-la. Ninguém sabe há quanto tempo a garota está lá: nenhuma turma ocupou esse espaço durante todo o dia, e o professor de inglês jura que a viu ao entrar no primeiro horário, mas o fato é que ela faltou a uma aula após outra e após outra. Como ela sempre tira a nota mais alta nas provas e entrega todos os trabalhos sem atraso nem desculpas — gramática correta, ainda que escape algum erro de acentuação, e um conteúdo que denota vontade e capacidade de reflexão —, não se alarmaram: um resfriado, algum exame médico, deve voltar amanhã e explicar o que houve, não há nenhum risco de que tenha ficado fumando numa praça ou passeando no shopping center. Até a aluna mais brilhante gosta de sumir um dia, compreendem e perdoam; mas a esconderam lá, seu corpo de cabeça para baixo pendurado pelo tornozelo.

Quem descobre o corpo é uma professora que não a conhece, de língua e literatura, porque organizou uma palestra e queria deixar tudo arrumado: o vaso de flores para agradar a conferencista caiu das suas mãos; flores, terra e cacos de barro espalhados pelo chão. A garota está de olhos abertos? Mexe os lábios? Não consegue ver: foi pendurada de costas para a porta. A professora pergunta se está viva: Alicia responde que sim. Não pergunta se ela está bem — porque não está —, mas se respira, se está consciente. A professora se aproxima aliviada — não descobriu o cadáver de uma aluna — e se coloca de frente para a moça: o rosto vermelho, as pupilas cravadas nas suas. Sou Alicia, do terceiro B. Sua voz sai trêmula por causa da postura, do tempo que passou de cabeça para baixo, mas o tom não se altera: se apresentou com calma, olha para a professora esperando sua reação. A mulher sai e volta — Alicia calcula que demorou uns dez minutos: um, dois, três, qua-tro, foi contando os segundos, cansou quando chegou nos qui-nhen-tos — acompanhada de vários outros professores, o zelador, três alunos do último ano carregando um colchonete do ginásio. O encarregado da manutenção demora mais alguns minutos — traz a escada — e, quando um dos professores desfaz o nó em volta do tornozelo, Alicia vê o diretor fazer o sinal da cruz: a certa distância, como se estivessem representando uma cena e ele a observasse. Aplaudirá no final? A professora que a descobriu elogia a inteligência na forma como o corpo está pendurado — quem fez isso se preocupou em garantir que os sessenta quilos da adolescente permanecessem suspensos quase sem deixar marcas; faz o comentário em voz baixa, certa de que ninguém a ouviria, mas o tom é amplificado pelo silêncio de todos. Alguns professores — ela reconhece o de francês — a seguram pelos ombros, para que seu corpo não bata contra o chão quando a desamarrarem; os alunos colocaram o colchonete embaixo dela, para amortecer a queda caso escapasse. Enquanto a despenduram, Alicia pensa que fez por merecer. Libertada do nó, todos juntos a sustentam para que retome o equilíbrio; deitam o corpo no colchonete, Alicia os observa de baixo, um rosto e outro rosto e outro rosto, um ao lado do outro, a maioria sem entender o que aconteceu.

O professor ainda não desceu da escada. Pergunta para Alicia se ela quer guardar a corda de lembrança.

Alicia tem razão em pensar que fez por merecer: desde o primeiro dia provocou e humilhou os colegas, divertiu-se em ridicularizá-los. Nenhuma novidade. Na outra escola teriam respondido com socos, esperariam por ela na saída com um punho fechado direto no estômago, alguém xingando, puta, sua puta, alguém puxando seu cabelo até arrancar o elástico do rabo de cavalo, junto com alguns fios; dos novos colegas esperava uma resposta mais refinada, e eles não a desapontaram. Ela estava certa, por mais que no fundo não goste de admitir. O primeiro ainda cedeu ao prazer de vê-la sofrer um pouco — de início, logo que a penduraram, certa dor de cabeça —, mas aplaude o resto do plano: sem uma falha. Pouco importa se seu pai vende grampeadores num bairro sem pontos de ônibus ou empresta o nome a um grande escritório de advocacia: dizem que o dinheiro não transforma a mediocridade, mas Alicia sabe que não é verdade. No mínimo a ameniza, ajuda a disfarçá-la: permite uma mesada para comprar uma corda de esparto, garantir uma conexão de internet segura — não a pública da biblioteca, que revela seu histórico ao usuário seguinte — para aprender os nós que prendem sem perigo.

O diretor roga que ninguém comente o caso em classe, para evitar que os pais fiquem sabendo do que aconteceu; uma professora que Alicia já viu antes — foi substituta da de ciências sociais — oferece a mão para ajudá-la a se levantar. Alicia sente tontura e segura no braço dela para não cair; os estudantes lhe trazem uma cadeira, e um deles resolve falar com ela. Você procurou por isso. Alicia olha para um lado, para o outro, nenhum professor por perto, todos, exceto a de língua e literatura — que já está arrumando as cadeiras em frente ao estrado —, se retiraram. Alicia encara o garoto, que ela nunca viu antes, e responde que sim. Sim, com orgulho: eu mereço, como quem recebe um prêmio. Palmas, por favor.

Nos dias seguintes, Alicia mantém sua versão: não se lembra de nada, de repente abriu os olhos e se viu lá, de cabeça para baixo, pendurada pelo tornozelo no salão nobre, o teto no chão e o chão no teto, e no horizonte o estrado vazio. Quem fez isso, Alicia? Não me lembro. Como fez? Não me lembro. Quando fez? Não me lembro. As informações que os padres reuniram — anos mais tarde, Alicia tentará se lembrar do diretor fazendo o sinal da cruz enquanto baixavam seu corpo — eles conseguiram interrogando outras pessoas: o professor que a cumprimentou naquele dia ao entrar no edifício, que afirma que tudo deve ter acontecido pelo menos depois das oito e quinze; duas colegas de classe também solitárias, acanhadas, que juram que ela nem sequer chegou a se sentar em sua carteira, porque elas teriam visto, mas que não sabem de mais nada. Houve um tempo antes de tocar o sinal do início da aula, houve um espaço entre a grade da entrada e o salão nobre — nos fundos do edifício, atrás da biblioteca e da sala dos professores, dos escritórios —, e entrou por esses vãos quem quer que tenha pendurado a moça. Seria uma brincadeira? Algo que ela combinou com alguém para chamar a atenção, mas perderam o controle e não quer delatar os outros para que não acabe respingando nela? Se eles conhecessem Alicia, se tivessem se dado ao trabalho de reparar nela, saberiam que ela não acha graça em quase nada. O resto dos colegas de classe de Alicia mantém o mesmo silêncio que ela. Ninguém entrega ninguém, ninguém assume a culpa e ninguém pergunta por Alicia, que falta às aulas depois disso.

Alicia previu o que esperava por ela desde o primeiro dia de aula: quem na época não conhecia sua história? Apareceu nos jornais: o empresário que tentou fazer frente à ruína disfarçando um suicídio de acidente. Certamente os pais dos seus colegas deviam ter comentado o episódio em casa, coitada da moça, olhe onde tiveram que ir morar. Naquela altura já não conseguiriam mais vaga em nenhuma escola pública, portanto a mãe não cancelou a matrícula: as tardes e as noites na vida do futuro — o bairro na borda da cidade, sua mãe trabalhando na cozinha do tio Chico, seu pai morto; as manhãs na vida do passado, Alicia sempre fazia questão de se desviar do caminho para mostrar à irmã, dia após dia, o apartamento para o qual nunca se mudaram. Eva se queixava, puxava-a pelos jeans ou pela manga, por fim a ignorava e seguia sozinha até o colégio. Alicia observava a varanda, as janelas e o que acontecia lá dentro. Quem estaria ocupando seu lugar?

Não havia motivos para Alicia manter essa atitude: seus colegas se conheciam fazia vários anos, portanto a dificuldade para se enturmar não vinha de sua situação nem de sua origem, mas do desconhecimento. Para eles, Alicia era insignificante, não existia, ninguém se importava com ela: somente uma garota se aproximou dela no segundo dia e lhe contou, em voz baixa, que seu pai tinha conhecido o dela. Alicia soube então que o pai dessa colega era gerente de um banco, e essa informação bastou para nunca mais trocar uma palavra com ela e procurar o melhor jeito de ferir Marina, tão sensível e boba, amante dos animais; Alicia adorou o dia em que um rato aproveitou o mau estado do edifício para invadir a sala e passear muito à vontade durante uma aula inteira, demorando-se em torno de Marina, suas lágrimas quando o professor notou o bicho ali. Ninguém dirigia palavra a Alicia, e ela não se aproximava de ninguém: sempre questionava a obrigatoriedade dos trabalhos em grupo, porque morava em outro bairro, e alegava como pretexto a distância e a responsabilidade, eu tomo conta da minha irmã, não posso deixá-la sozinha para voltar aqui em outros horários. Os professores acabavam cedendo. Seus colegas iam para casa passeando em grupo, ela e Eva ainda demoravam mais trinta ou quarenta minutos até voltar para casa. Eva alongava a despedida das amigas, dois beijos e um abraço e a promessa de se ligarem à tarde, e Alicia a esperava com paciência para descerem juntas até o ponto de ônibus.

Enquanto isso, Alicia sonhava todas as noites com o pai: o suicídio do pai, tentando se matar num acidente, depois enforcando-se numa árvore, noite após noite até que de manhã tocava o despertador, e Alicia apalpava o pescoço e mexia as pernas para se certificar de que estava viva. Nunca contou para ninguém. Para quem? A seu redor: as amigas que não tinha, a mãe que nunca conversava, o tio que trabalhava dia e noite, a irmã caçula. Alicia acordava com o alarme ou com o barulho dos saltos da mãe, com o barulho das pulseiras no pulso da mãe, o barulho em qualquer cômodo do pequeno apartamento: no quarto ou no banheiro, na cozinha. A mãe se arrumava para ir ao bar e dizia para elas se vestirem, tomarem o café da manhã, soprava beijos e fechava a porta com alívio: não se reencontrariam até a hora do almoço, quando as filhas fossem ao restaurante comer o prato do dia, e depois só à noite, com um pouco de sorte as duas já dormindo quando a mãe voltasse cheirando a fritura. Alicia se adiantava: perto das dez já escovava os dentes, trocava o moletom pelo pijama e se despedia de Eva, absorta diante da televisão, quase todas as noites cabeceando no sofá só para poder dar um abraço na mãe antes de dormir, Eva beijando os desconhecidos, Eva abraçando quem não merecia. Mesmo sem sono, naqueles meses Alicia se deitava na cama, com a luz apagada, e esperava em silêncio o sonho ruim chegar: olhos fechados, a imagem da terra seca nos últimos dias antes do verão, recriado o suicídio do pai cena por cena.

Com o que os outros sonham? No ônibus do colégio, Alicia ouve contarem que caem os dentes, que andam nus pela rua, que perdem trens ou repetem nas provas em que já passaram. Em casa ela procura os significados num dicionário de sonhos que comprou com desconto na feira do livro: medo das mudanças, preocupação diante de uma crise, problemas numa relação. Tanto faz se são homens ou mulheres, jovens ou velhos: ninguém confessa sonhar com outras coisas. Ela passou a memorizar os sonhos alheios — suas descrições ingênuas, os detalhes que ressaltam julgando-se especiais —, como se fosse incorporá-los às conversas que não tem, e aplica cada interpretação à sua situação existencial. Os dentes, a nudez, o atraso na estação, a aprovação que nunca se completa: com isso, sua narrativa soará mais verossímil. Quem acreditaria nela se contasse a verdade?

Seu corpo pendurado no salão nobre do colégio dos carmelitas: ainda hoje Alicia omite essa passagem quando, na hora do café, recorda casos daquele tempo, naquele jogo em que você vai polindo uma cena enquanto o interlocutor ainda não acabou de contar a parte dele. E se ela não conta aquilo não é por vergonha ou pudor, mas porque entende que, ao fazer isso — contar a história, descrever a forma como entrou no edifício naquele dia e como tudo começou, as horas que passou com a corda pinicando seu tornozelo —, concederia a eles um lugar em sua memória. E por acaso merecem tanto? Eles se esforçaram para ganhar essa importância, sem dúvida: ela reconhece a ironia, o esforço no planejamento; reconhece que em algum momento os subestimou. Mal se lembra do nome de um ou outro colega daquele ano, mas recorda bem as circunstâncias: lembra da maneira como os agrediu, dos motivos que a levaram a maquinar, por semanas a fio, um jeito de expor cada um deles ao ridículo. Marina já foi mencionada: do seu nome ela se lembra, sim. Havia outra garota, de cabelo crespo, que Alicia achou que ria dos seus jeans porque estavam quase rasgando nas coxas, de tão gastos. O garoto que se negou a lhe emprestar um lenço de papel uma vez que Alicia estava gripada — acabou limpando o nariz com a manga do blusão, envergonhada: quando o sinal do recreio tocou, ela correu para o banheiro, vários minutos com a malha sob o jato de água fria, encharcada ao voltar à classe — deu mais trabalho: nenhum deslize, nenhum ponto fraco onde centrar fogo; dias e dias observando-o nas aulas, seguindo-o depois de se certificar de que Eva se sentia capaz de pegar o ônibus sozinha, e a irmã contava para a mãe que Alicia estava com dor de estômago, que tinha ido direto para casa e lá ia esquentar uma sopa. Na aula de matemática, eureca: o garoto — Daniel era o nome dele — esqueceu o livro e pediu emprestado para o colega ao lado, com ele sim podia ser generoso. De repente, um olhar do garoto para o outro garoto, dois ou três segundos além do habitual. Alicia guarda bem esse gesto, e durante semanas vai seguindo a pista: seus esquecimentos recorrentes — a caneta ou o corretor —, seu empenho em comentar as partidas de futebol — a indolência de quem pergunta e o entusiasmo de quem responde —, quase sempre os olhares que o colega não corresponde e que o garoto que se negou a lhe emprestar um lenço de papel sustenta pensando que ninguém o observa. Está enganado: Alicia o observa do fundo da sala. Usou o pretexto de ter chegado atrasada, fingindo timidez, mas no ano anterior aprendeu que a última fila é o lugar mais inteligente, que oferece uma vantagem sobre os demais: ver sem ser vista. Analisar os outros adolescentes de catorze, quinze anos: situar-se na única posição privilegiada em relação aos demais que suas circunstâncias lhe permitem.

Sua desvantagem lhe oferece duas opções: atacar ou se defender. Alicia optou pela primeira. Quer dizer, então, garoto, seja lá qual for seu nome — você está com sorte, acabei de me lembrar: Daniel —, sejam lá quem forem seu pai e sua mãe, more você onde morar, ocupe a mesa que ocupar daqui a dez ou vinte anos; quer dizer, então, garoto que se negou a abrir o bolso da mochila e tirar seu pacote de lenços e entregar um à colega de duas filas atrás que o pediu — a garota sentada na frente de Alicia e atrás de você, Daniel, fez a ponte: Alicia a desculpou porque também estava com o nariz escorrendo, e assim como ela sujou a manga da blusa —, que você sente atração pelo garoto que senta ao seu lado, alguma lição você vai ter para que da próxima vez se comporte melhor, seja um pouco mais amável. Assim como Alicia não sabe quase nada sobre um, não sabe quase nada sobre o outro: o que ela sabe é que no ambiente de um colégio religioso existem certos vínculos problemáticos. Procura um jeito de se vingar, de feri-lo: revelar sua orientação lhe parece excessivo e injusto, algo que não é do seu feitio, sempre mais sutil. Não pretende acabar com a vida de Daniel, futuro engenheiro, futuro auditor, um homem a quem Alicia, daqui a dez ou vinte anos, servirá um café ou um *entrecot*: apenas um corretivo, um puxão de orelhas que só ele perceba, que lhe sirva para refletir e se desculpar por sua falta de amabilidade. Uma manhã, ao trocar o absorvente, Alicia decide: quando toca o sinal para o recreio — como não se dá com ninguém, ela costuma passar esse tempo na biblioteca —, demora para recolher suas coisas, até que todos saem da sala. Abre a mochila do colega, tira um livro, em seguida o guarda de volta e a fecha. Ninguém a acusará: agiu com rapidez e logo depois tratou de ser vista na cantina, no banheiro e diante do mural, olhando os anúncios de intercâmbio de idiomas; também pediu uma entrevista com a orientadora, com a desculpa de que no próximo ano iria para outra escola e não sabia como lidar com tantas mudanças. Ninguém desconfia de uma pobre menina órfã de pai pedindo ajuda, incapaz de se adaptar a um novo ambiente, confessando que não quer virar uma adolescente-problema. Na aula seguinte, quando o professor anuncia a lição do dia, Daniel descobre um absorvente aberto sobre a página, as abas cobrindo as imagens, a página se rasga quando tenta desgrudá-lo. Não é só ele que vê aquilo, mas também o garoto do lado, a garota de trás — já a conhecemos, mais uma solitária: Alicia importa-se tão pouco com sua existência que não pensa em gastar energia com ela — e Alicia, que se arrepende de não ter recorrido antes ao absorvente, ainda que causar um grande efeito não combine com seu estilo. O garoto ao lado de Daniel se mexe, Alicia nota que ele finca as unhas nos antebraços para reprimir a gargalhada; Daniel levará muito tempo para olhar nos seus olhos, se é que vai conseguir. Alicia não presenciará a cena, porque já terá sido pendurada pelo tornozelo no salão nobre do colégio e ficará em casa até o fim do ano.

Atacar ou se defender, então: cada atividade em grupo da qual é excluída pelos colegas é um golpe para Alicia. Evidentemente, ela não se inscreve em excursões ao campo nem a idas ao teatro usando o cartão de estudante, porque não compartilha nada com eles e porque não tem certeza de que poderia arcar com a despesa — o ano inteiro vestindo a roupa que sua mãe comprou para o anterior —, e intui que é exatamente isso o que a mantém à distância: não a convidam para aniversários nem para ir ao cinema, principalmente, porque sabem que ela não tem dinheiro. Ninguém sabe nada sobre ela, mas sim sobre suas calças puídas e sobre as pessoas que esperam o ônibus para o outro extremo da cidade. Que dó, pobre menina pobre, mas Alicia quer que façam isso, que contem com ela: quer que uma colega se aproxime, que lhe conte entusiasmada que combinaram ir à matinê no sábado, às seis da tarde, perguntar se ela não quer ir também; Alicia deseja forçar um gesto de superioridade, torcer a cara, responder que não, não penso desperdiçar meu tempo com você. Talvez esboçar uma risada como ponto-final, depois devolver o olhar ao que estivesse fazendo, guardar os cadernos na mochila, fechar o estojo. Ela exige ao menos a chance de rejeitar os colegas. Como ninguém liga para ela, achará um modo de notarem que ela existe, o corpo quase colado à parede dos fundos da classe lotada, tão longe da mesa do professor que às vezes não lhe basta levantar a mão, e então reclama a atenção erguendo a voz. Cochichos nas primeiras filas, alguém diz assim não, só se for lá de onde você vem. O professor manda fazer silêncio e pede desculpas a Alicia, daqui não vejo bem quem está aí no fundo, o que você quer saber? Alicia explica, demorando-se numa dúvida óbvia demais para que alguém inteligente como ela não tenha resolvido por conta própria; na verdade, procura com os olhos alguém que evita olhar para ela, certa de que o comentário partiu daí.

No fundo, ela sente certo orgulho: do que conseguiu despertar nos colegas, da forma como eles reagiram. Ela se comportou tão mal assim? Eles calcularam tudo, a distância e o peso, os horários: passaram no teste. Se Alicia pensar no que aconteceu, se daqui a dez ou vinte anos pensar no que aconteceu, terá duas opções: o fingimento ou a verdade. Fazer-se de boba, como diante das perguntas dos professores: não sei quem fez isso, não sei quando fizeram, não sei por que fizeram. Mas agora, a verdade: quatro pessoas. Agem de maneira isolada, como uma gangue, ou representam a classe inteira, depois de decidirem em assembleia qual o melhor modo de silenciar Alicia até o fim do ano? Mario — primeira interação com ele: fala muito com Marina, a do rato, a do pai gerente de banco — a pegou pelos cabelos, para satisfação de Alicia: o escândalo que

81

teria preferido, que teria igualado os alunos do colégio dos carmelitas aos da escola pública e seu pátio de cimento. Foi apanhada pelas costas: no corredor de acesso onde se apinhavam garotos e garotas, jaquetas e casacos, mochilas em número suficiente para obrigá-la a avançar sem chance de retroceder. Dificultaram as coisas para ela. Caminha porque prefere a tensão à dor física, que ela não suporta bem. Mario a puxa pelo rabo de cavalo contra seu corpo, ela resiste e força a cabeça para a frente, ele a empurra, pressionando-lhe as costas. Alicia segue para a ala onde ficam a sala dos professores, os escritórios e o salão nobre, crente de que algum adulto identificará várias mãos empurrando uma colega. Não precisam fazer isso para obrigá-la — são quatro contra uma —, mas ela entende que Mario sente prazer pensando na dor que lhe inflige. Nesse momento, Alicia escuta: olhem só para ela, está indo sozinha. Mario troca a força da mão esquerda, a que puxa o cabelo, pela da mão direita, estendida sobre as costas, firme contra ela. Quer dizer, então, que existe um plano, pensa Alicia; também pensa que a situação começa a ficar interessante. Ela pergunta para onde, e ele responde para a sala, para o salão nobre. Claro que ela associa a voz — a mesma o tempo todo — a um rosto, um nome, um corpo; não se importa com o que os outros tenham a dizer, mas nas aulas ela sempre os escuta, atenta aos detalhes que podem ser úteis. Susana, olhos com delineado gatinho e a nota mais alta em educação física: com os livros não se dá tão bem. Alicia não se lembra se Susana fez algo contra ela: que Alicia atingiu Susana, sem dúvida; o que a surpreende nessa tonta é que tenha aceitado se envolver no que quer que seja. Alguém — outra voz diferente: Sarita, Alicia zombou dela quando foi à lousa e cometeu vários erros de ortografia, e voltou à sua carteira morrendo de vergonha, nunca mais se ofereceu como voluntária — anuncia aberto, que está aberto, o monitor já explicou no primeiro dia que essa porta não fecha direito porque incha, e por isso às vezes nem conseguem abri-la, e já tiveram que suspender algumas conferências. Uma quarta voz — oi, Daniel: estava mesmo esperando por você — depressa, rápido, rápido: alguém pode nos descobrir se trouxerem uma turma no primeiro horário. Susana agora lhe amarra as mãos com uma corda de esparto; Alicia não se debate, curiosa. Olha para uns e outros: parecem todos iguais, a cabeleira escura e comprida delas, o cabelo curto deles, modelado com gel. Trocaria seus rostos e suas identidades, e ninguém jamais notaria que o adolescente que se senta à mesa para almoçar não é o mesmo que saiu de casa para ir ao colégio. A corda boa está na minha mochila, explica Mario. Anda, sobe. Alicia calcula que quem trepa nos ombros do outro colega para amarrar a corda à viga deve ser alguém magro e ágil: Sarita, na melhor das hipóteses, sorte deles que o salão é baixo, que os padres economizam tanto que no mesmo espaço tenham construído dois andares e descartado o pé-direito alto. Sério? Sério mesmo que sua vida vai acabar aí, no salão nobre do colégio, diante de um quadro em que san Juan de la Cruz recebe a iluminação de um raio que é o próprio Deus, enforcada por Mario, Susana, Sarita e Daniel? Bom, já se viu coisa pior, pensa enquanto a viram. Isso sim a desconcerta: não a corda em volta de pescoço, mas o momento em que amarram a corda em seu tornozelo direito.

Quando Alicia responde que não se lembra é porque não se lembra, e quando Alicia responde que não sabe é porque não sabe. Ou melhor: não é que não se lembre nem que não saiba, mas é que seu tempo vale mais do que o que gastaria explicando o que aconteceu. O diretor lhe faz essas perguntas enquanto ajusta o colarinho clerical, e Alicia não cede; as perguntas são repetidas por um padre e outro padre e outro padre, que ela nunca viu nos corredores, que nunca ouviu no culto — muitos domingos a obrigam a ir à missa, Eva e ela fazendo e desfazendo o trajeto de ônibus para comungar —, e Alicia insiste que não se lembra e que não sabe. Um deles a justifica, não fala por medo; melhor não pressioná-la a delatar os colegas, porque o terror — o terror!, Alicia repetirá em casa, de noite, reprimindo a gargalhada — deve ter bloqueado sua memória. Só Deus sabe os horrores que ela deve ter padecido, diz para os demais, depois daquela experiência terrível do passado; são tantas as provações que nosso senhor nos reserva para provarmos que somos dignos dele, não é verdade? Alicia responde que claro, que sim, que é verdade, e percebe que sem saber acabam de lhe oferecer a desculpa perfeita. Caso eu os delate, padre, como me arriscarei a voltar à sala de aula? Pendurada na viga do salão nobre, de cabeça para baixo, Alicia ouviu seus colegas escapulindo, Mario, Susana, Sarita, Daniel, que deve ter sido o autor da ideia, quem convocou os outros: recolheram as mochilas, verificaram se não estavam esquecendo um chaveiro ou um estojo que pudesse denunciá-los, alguém — ela não conseguiu ver quem: foi pendurada de cara para o estrado — tivera o cuidado de dobrar seu casaco e proteger a mochila de Alicia para que ninguém a roubasse. O gesto — ela pensaria depois — a enterneceu: fazer-lhe mal, mas até certo ponto. Tiveram dificuldade para abrir a porta, fechada para que não fossem interrompidos. Quando ouviu a batida da porta, fechou os olhos, esperou com paciência até que alguém a descobrisse e a desamarrasse. Passaram-se várias horas — ela podia jurar que dormiu um pouco — até que uma professora quis se mostrar profissional para uma conferencista que admirava, e aproveitou um tempo livre para arrumar as cadeiras da sala, recebê-la com um vaso de flores ao pé do estrado, e descobriu o corpo de Alicia pendurando por uma corda.

Antes disso, enquanto Mario, Susana, Sarita e Daniel ainda combinavam o que cada um devia fazer, Alicia os interrompeu:

— Meu pai se enforcou. Se pendurou pelo pescoço. Se vocês queriam mesmo rir de mim, esqueceram desse detalhe. Vão em frente.

Não ouviram ou fingiram que não ouviram. Riam. Calavam. Comentavam o quanto aquilo impressionaria os outros. Então esse era o objetivo? Será que evocam a cena agora, anos depois, enquanto tomam um café com os amigos? Será que Alicia ficou na sua memória?

A batalha

Madri, 1982

Tome, María: aqui está sua cerveja. Por quê? Estamos brindando a quê? Mas quem pediu cerveja? Cerveja, hoje? Já que é para brindar, que seja com vinho. Ou com champanhe, como os franceses! É de lá que vêm todos eles! Três cervejas! Mas com quem fui inventar de sair por aí? Já estou quase voltando para casa para chorar! Mas vamos brindar ao quê?! Pelo que vem por aí. Você acredita mesmo em alguém que saiu correndo nos piores anos? Um copo de cerveja, outro copo de cerveja, uma dose dupla que ao bater nos copos menores derrama — apenas algumas gotas — na mão do outro, uma taça de vinho, alguém que entra com um refresco. Isso dá azar! Quem pediu suco de uva? Isso é uma comemoração, porra, não um velório. Suco de uva! Quantos anos você tem? A mamãe já te deixa sair sozinha, menina? Esses caras só querem saquear o país. Peço mais uma? Mais um brinde! Por nós! Onde foi parar a solidariedade? Por nós e pelos outros! Por nós e pelos companheiros que não puderam vir hoje! Pela moça do balcão! Principalmente pela moça do balcão! O vidro contra o vidro contra o vidro, uma mão — pelo nas falanges, branco o branco das unhas, a pulseira de couro do relógio quase sem marcas — se junta ao brinde do grupo ao lado, no balcão se confundem os amigos com os desconhecidos. María leva seu palito — não lhes deram garfos — a um prato de bolinhos, ciente de que pertence a uns homens de bigode, uns iguais aos outros, é difícil diferenciar as cabeleiras, barbas e paletós idênticos;

espeta um bolinho, depois outro e mais outro, até que o garfo de um deles toca na louça, e ao erguer os olhos se depara com ela, mastigando.

— Temos uma ladra aqui!

María solta uma risada nervosa, a boca ainda cheia de bechamel e restos de carne, e o sujeito a olha e ri também, com ela. A reação dele se chama cerimônia: imita uma reverência diante de María, beija sua mão — o palito ainda dentro do punho fechado dela, a baba dele no dorso —, pede à garçonete outra porção de bolinhos, para a senhorita aqui. María responde que não, que vergonha, que ela pode pagar pelo que comeu; o bar cheira a picles, a suor e a cigarro. Os homens do grupo dos bolinhos, todos fumando, já com a atenção centrada nela, que está com o corpo de frente para seu grupo de amigos e o rosto voltado para eles. Acaba por virar-se, como se os homens a chamassem. Não lhe exigem nada, mal falaram com ela, mas María tem a estranha sensação de que lhes deve um pouco de atenção. Ela não se confundiu, na verdade: com o primeiro bolinho, sim, pois achou que Pedro tinha pedido a porção, mas não com o segundo, quando já notara que os homens perto dela — suas mãos sem marcas de acidentes, as unhas bem aparadas — comiam daquele prato. Então se atreveu a espetar um, mais dois, pensando que com aquele gesto estabelecia uma estranha justiça.

— Mas venha cá, mulher. Venha brindar com a gente também.

María repara no homem que fala com ela: no contraste entre o cabelo preto, crespo e abundante e o bigode fino, como se fosse falso, uns poucos pelos de um lado e outro tanto do outro. Repara também no percurso do olhar dele: o homem olha para seu rosto, olha também seu corpo, observa também suas mãos. O que encontra nelas é sua pele ressecada, rachada em torno das unhas sem pintar; o que procura, ela imagina, é uma aliança. María já viveu essa situação outras vezes e sabe onde vai dar, por isso sorri e volta a seu grupo. Enlaça a cintura de Pedro e o beija no rosto. Ouve as vozes dos homens atropelando-se umas às outras, talvez fazendo algum comentário sobre ela que María não consegue captar. Tome, María: aqui está sua cerveja. Vi que você tinha terminado a sua e achei queria mais uma, acertei? Hoje precisamos comemorar. É um dia especial! É isso que María ouve dos amigos que ela e Pedro foram encontrar naquele bairro que ninguém conhece bem: uns porque, embora trabalhem ali perto, só passam muito cedo ou muito tarde; outros só de algum passeio em dia de folga, como quem brinca de fazer turismo na própria cidade. Não lembra quem propôs o encontro na última reunião: se ganharem, na sexta vamos comemorar, combinado? Não no próprio dia, para não faltar ao trabalho, mas na sexta, sem falta. E em algum bar perto do escritório, porque o chefe nos fez o favor de nos segurar até mais tarde para fechar o mês. Não reclame, senhor ministro, que você é o único aqui que veste terno todo dia! Mais um brinde? Por nós, claro! María só foi porque Pedro pediu: senão, só se veriam na semana seguinte; além disso, ela nunca falta aos encontros do grupo, e na associação, quando precisam de alguém para cozinhar nas jornadas de convivência ou para limpar depois de alguma reunião regada a bebida, ela sempre se oferece. Vários deles resistiram, porque preferiam não ter mulheres nem filhos por perto, mas alguém perguntou quem limparia se não fosse ela, e aí acabaram aceitando. Se você virar a cerveja de um gole, pago uma rodada para todos. Quem teve a ideia de pedir uma taça de vinho? Que é isso, garoto? Você herdou o reinado de Porra Nenhuma? Não, eu sou o Duque do Porre Voador.

Nenhum deles milita num partido, embora alguns gostem de pensar que fazem política, à sua maneira; outros apenas apreciam a conversa, sentindo que assim servem para alguma coisa além de trabalhos mecânicos. Foi Pedro quem disse isso num discurso memorável, num almoço, diante de uma paella de legumes: imaginem o dia em que todos eles, chefes e chefões, souberem que nós aqui pensamos por conta própria. Uns votaram no PSOE, outros nos comunistas; Pedro e a própria María, talvez mais algum companheiro que pode ser reconhecido pelo olhar amargo na hora do brinde e pela firmeza com que expôs suas dúvidas sobre o programa de Felipe González, na semana anterior, no bar perto da associação. María sabe muito bem que os comunistas não ganharam, e disse isso a Pedro ontem à noite, ao telefone, mas se consola com a felicidade dos amigos dele: não seus amigos. Ela não se lembra de quando se viram pela primeira vez: sabe, sim, quando Pedro e ela se conheceram, claro, mas não os outros: a primeira reunião em que este apareceu, quando aquele se juntou ao grupo. Alguns deles já participavam de um grupo da igreja, que se dissolveu quando transferiram o padre; Pedro entrou na associação de moradores para ver se arranjava algum bico. Algum tempo depois, María começou acompanhá-lo às reuniões, porque vivia lhe fazendo perguntas, e o vizinho de cima também passou a frequentá-las, já que tinha ajudado Pedro a tramitar a indenização do irmão, portanto podia dar uma ajuda com a burocracia.

Para eles, María é uma presença constante, mas sempre a tratam como um apêndice de Pedro. O grupo se acostumou a esticar as reuniões no bar da esquina da associação, e logo passaram a outros assuntos: melhorar o asfalto da rua tal; conseguir voluntários para preencher os pedidos de aposentadoria por viuvez, orfandade ou invalidez; você não pode perder tal livro, tal filme, tal disco. Se eles baixavam a cabeça diante das broncas do chefe para não perder o emprego, que consolo podiam encontrar na ficção? Para alguns, funcionava; outros se sentiam impostores; outros não reagiam e fingiam entusiasmo para não ficar mal perante os demais. Havia também quem achava que aquilo tudo os distraía da verdadeira luta e insistia em dar o passo decisivo: militar, entrar para o sindicato, mudar o mundo para valer.

Naquela noite alguns logo voltaram para o bairro, e só restaram quatro: Alfonso, Víctor e Pedro, além de María. Víctor irrompeu no bar gritando "grande noite!", e Pedro o recebeu com uma dose dupla de cerveja. Ficou com um bigode de espuma: Víctor sempre chegava atrasado às reuniões do grupo, e María acabou suspeitando que ele fazia isso de propósito, para forçar uma entrada triunfal, mais espetacular. Era o mais novo da turma, o mais ingênuo, também o mais alto. Os outros não brincavam mais com ele porque acreditava em tudo. Seus pais se instalaram no bairro nos anos 50, vindos de uma aldeia de Estremadura, e ele já nasceu em Carabanchel; nas reuniões isso lhe dava uma vantagem em relação aos demais. Tinha corrido para cima e para baixo pelas ruas do bairro quando era pequeno, pensavam todos, portanto quem ousaria discutir com ele o que fazer, como se comportar?

— Imagine. Um governo de esquerda, socialista, na nossa democracia. Com maioria absoluta. Eleito pelos trabalhadores. Você não acha que um dia alguém vai contar essa história?

— Víctor, bem-vindo ao mundo real. Toc-toc! — Alfonso aproxima o punho da cabeça do amigo. — Tem alguém aí? Dá uma olhada no jornal. Olha o que diz aqui: 29 de outubro de 1982. Já estão contando. Os jornais, as rádios. Só se fala disso em todo lugar.

— Certo, parceiro, mas depois de amanhã todo mundo já esqueceu as notícias. São os livros e os filmes que vão contar tudo para os nossos filhos, nossos netos, assim como nós sabemos através dessas obras o que aconteceu antes.

— E quem vai contar essa história, Víctor? Você e eu acabamos de sair do trabalho, folgamos aos domingos, mas aí você precisa cuidar da família. O Alfonso corre para o interior com os sogros, e eu cuido das minhas coisas. Que hora a gente vai contar a nossa história? E acha que a gente conseguiria? Você sabe que me atrapalho todo na hora de escrever. Além de não ter tempo, nem sei como fazer isso. Pois se o Juan José teve até que me ajudar para cuidar do caso do meu irmão...

— Você acha mesmo que alguém vai se interessar pelo que você tem a dizer, Pedro? Eles só se interessam pelo que eles mesmos têm a dizer. Este, este e este: os que aparecem na foto do jornal. Pode esquecer, porque eles não são como nós. Para começo de conversa, eles estudaram. Quem da nossa idade estudou? E não vale esse cursinho da mulher do Víctor. Estou falando de estudos de verdade: ir para a universidade, vários anos e várias disciplinas, com a família bancando tudo. Quem da nossa idade estudou, sem contar os chefes? Nem o Juan José, veja bem, nem ele é tratado de igual para igual no escritório. Estes daqui, do jornal: eles é que são nossos chefes.

— Isso significa que eles não são dos nossos, Alfonso. São nossos inimigos.

— Como assim, eles são nossos chefes, Pedro? Eles lutam pelo mesmo que nós. Ganhar o que eu mereço pelo meu trabalho, que não me obriguem a camelar além da conta, que meus filhos tenham a mesma educação que os outros. Temos que dar um voto de confiança para esses caras.

— Fiquei pensando no que você disse antes, Víctor: que daqui a alguns anos alguém vai contar essa história. É que só vão querer saber do que acontece aí, na foto, entende? Do que aconteceu com eles. E não acho que alguém possa se interessar pela nossa conversa aqui, num bar. E se alguém contasse, como seria? Quem iria contar? Seus filhos, seus netos? Você lembra daquele livro que comentamos no ano passado? O do bom selvagem. Um pobre trabalhador ignorante, bondoso, faminto. Somos figuras intercambiáveis: não importa de onde cada um de nós veio nem qual é a nossa história. O papel que eu cumpro é o mesmo que você cumpre. Entende?

— Olha, Pedro, o que eu não entendo muito bem é o que você quer dizer. Que meus filhos não vão ser como eu?

— Mais ou menos. Se eles estudarem, se forem à universidade, vão ser diferentes. Se saírem do bairro, se tiverem um emprego melhor, a vida deles já vai ser outra. Concorda, Víctor? Sua mulher, que veio lá do interior, mesmo que de vez em quando volte para a aldeia, por acaso ela se comporta como as mulheres que ficaram lá? Como é que ela fala quando fala delas?

— Porra, Pedro. É noite de sexta-feira. Será que você não pode beber e pronto? Claro que minha mulher não é como as primas dela. Minha mulher veio para cá. É outra coisa.

— Pois é disso mesmo que estou falando: quem é que escreve nos jornais? Quem é que fala no Congresso? Se não tomarmos cuidado, vamos usar as palavras dos nossos inimigos.

— Lá vem você de novo... Como assim, Pedro? Esta notícia aqui, eu leio e entendo sem o menor problema: Felipe González Márquez, quarenta anos, que deverá ser o novo presidente do governo espanhol, afirmou nesta madrugada, em sua primeira declaração ao país depois da vitória... me diz se por acaso tem alguma palavra aí que não dê para entender, mesmo eu não sendo estudado e trabalhando numa loja de ferragens? O que muitas vezes não entendo são esses livros que vocês comentam nas reuniões. Quando você me empresta algum, até folheio no ônibus, mas não entendo nada. Em que língua esses livros foram escritos? Do que eles tratam? Queria ver as mãos de quem escreveu. Duvido que tenham trabalhado com elas. E quando digo trabalhar, é trabalhar mesmo, não pegar numa caneta ou batucar numa máquina de escrever. Não sei qual é a linguagem do inimigo, já que quem supostamente está do meu lado parece não querer que eu entenda o que defende...

— E o inimigo quem é? Esses aí da capa? Vamos, María, dê um jeito no Pedro, que ele já está enchendo a paciência. Um pouquinho de espírito esportivo, cara.

Até esse momento, María assistiu à conversa em silêncio: um golinho de cerveja, uma fatia de salame no pão; comendo e bebendo, ela se distrai enquanto escuta. Não sabe se é o caso de intervir, mas sabe muito bem o que não deve dizer: prefere evitar o mal-estar de Pedro e o espanto dos demais; já conseguiu muito por se juntar ao grupo e não ficar em casa. María preferiu o silêncio, como sempre; ela vai às reuniões e assembleias, anota o título dos livros que são mencionados e mais tarde os procura para ler, depois vai anotando as ideias em cadernos que acumula no aparador da sala, mas nunca pede a palavra. Em casa é diferente: com Pedro discute sobre política, e discute não tanto sobre o que acontece agora, mas sobre o que acontecerá depois. Pensa na filha. O que ela vai viver? O que vai acontecer com sua filha quando chegar à idade que ela tem agora? Ao dar exemplos, porém, prefere mencionar os filhos dos outros: que vida levarão os filhos do Alfonso, os filhos do Víctor? Será que eles também vão ter medo de não conseguir comprar uma casa, ou até de não ter dinheiro para tomar uma simples cerveja na sexta à noite? Será que também vão ficar preocupados com o jeito como sua história vai ser contada? Quando Pedro reproduz suas ideias — não as próprias, mas as que ela compartilha com ele — na roda de amigos e nota como são recebidas com respeito, María sente orgulho, porque de certo modo interpreta isso como um reconhecimento ao que ela pensa, por mais que ninguém saiba que são pensamentos dela.

— É que o Pedro não está muito contente. Você tem que entender... Ele não confia tanto assim.

Ela olha ao redor. Os homens continuam a discussão, que para ela, agora — depois ter feito o comentário —, se tornou um ruído de fundo. Conta três mulheres no bar inteiro: uma indo e vindo entre a cozinha e o balcão, pouco mais de cinquenta anos, manchas no avental, provavelmente a mulher do dono; outra garota muito jovem, sentada a uma mesa com um grupo de garotos da mesma idade — vinte e poucos, universitários beliscando alguma coisa antes de cair na noite; e ela mesma, que tem trinta e três e hoje sacrificou algumas horas de sono para participar da comemoração. Na associação de moradores, também são poucas as mulheres, e ela se lembra de que quase todas as que comparecem às reuniões — assim como ela mesma — vão acompanhando seu par e nunca falam. O que María comenta com Pedro ela também conversa com outras mulheres, uma de cada vez, no máximo duas: nunca muitas, sempre na sala de uma casa, às vezes com um bebê chorando no colo ou uma menina brincando no chão. Ela associa esse ambiente com o das primeiras reuniões logo depois de conhecer Pedro, quando ele ainda trabalhava na fábrica com o marido da sua prima, e um domingo o ouviu falar da solidariedade entre os operários; e desde então tentou se sentar perto dele.

Ninguém deve saber o que acontece com aquelas mulheres. Para elas, o inimigo é o chefe: o que tem mais dinheiro e mais poder, o que muda seus horários de trabalho sem consultá-las, o que as olha com desprezo. O inimigo é o chefe, é a mulher do chefe, é a filha do chefe. Mas o inimigo também era, como Loli percebeu um dia, o homem que dormia com elas. Estamos aqui, María lhes dizia, fingindo para o mundo que somos amiguinhas tomando café para comentar o casamento das famosas, porque nossos maridos não suportariam escutar o que temos a dizer: eles seriam os primeiros a proibir nossas conversas. A filha caçula de Conchita separava para elas folhetos da universidade: divórcio, aborto, feminismo. Quantos filhos você teve, Loli? Você não preferiria ter vivido uma gravidez a menos? Sério, Conchita, que você vai esperar seu marido morrer para levar a vida do seu jeito? Por que você, mais forte e inteligente do que ele, teve que ficar em casa cuidando dos filhos e não saiu para ganhar seu pão? A mesma coisa com a Irene, que antes de vir para a cidade trabalhava na lavoura — algumas cicatrizes, não todas da enxada que seu irmão a ensinou a usar sem que o pai soubesse —, depois sempre trabalhou em casa, sempre enfurnada, e se resolvesse se separar não teria como se sustentar. As outras querem ajudá-la, mas não sabem como: na casa de nenhuma delas sobra lugar para uma mulher sozinha com seus filhos, e nem as economias de todas elas juntas seriam suficientes para alugar um apartamentinho ou para pagar um advogado que cuidasse do divórcio, e nem chegam a manifestar a intenção, mas, por outro lado — e María sente vergonha disso —, também não querem correr o risco de virar alvo da ira do marido de Irene, de quem ela já falou horrores. Sobre María falam menos, porque para ela é mais difícil. As mulheres moram na mesma rua e conversam sobre essas coisas; a filha de Conchita lhes explica com carinho tudo o que não entendem, às vezes María fica com os filhos de Loli quando escuta barulho no seu apartamento — porta com porta —, todas olham muito — o quanto podem — por Irene, a que menos fala. Ninguém nunca sabe a guerra que acontece entre quatro paredes: imaginem o dia — disse María em uma tarde de sábado, um pouco mais de leite no seu café, enquanto o marido de cada uma demorava em voltar para casa — em que eles perceberem que nós pensamos por conta própria.

— Mas olhem para nós — é a voz de María. — Ontem não pudemos ir à Calle Mayor nem a San Jerónimo porque hoje tínhamos que trabalhar. E hoje, em vez de tomar nossa cerveja no bar do Mateo, lá no bairro, viemos aqui, não sei muito bem por quê. O que pretendemos com isso? Fingir o que não somos? Esses homens aí ao lado: a roupa deles se parece com a nossa, mas são advogados. Alguém pagou seus estudos. Moram em bons apartamentos, aqui perto. Aqueles ali: estudantes. O que você fazia com dezenove anos, Víctor? E você, Alfonso?

Pedro? Tomavam cerveja com os amigos na sexta à noite? Jogavam baralho no café? Eu, sempre muda, limpava merda em uma e outra casa: não importava onde, de quem. E agora, quê? Brindamos pelo futuro?

Nada disso é dito, claro. Falar tudo isso passa pela cabeça de María, mas depois de pensar, volta ao seu silêncio, bebe um pouco e dá uma olhada no cardápio. Pedro lhe pergunta se ainda está com fome, porque estavam pensando em ir para outro bar, com mais música, menos luz. Ou quer ir para casa, María? Talvez você prefira. Ela faz que não com a cabeça, não para tudo: não tem fome, não quer ir para casa. Pagam, ela se despede — procura seu olhar, empina o queixo — do dono da porção de bolinhos, e vão para outro lugar.

— Gostei das suas calças.

María entendeu que a mulher gostou das suas calças, só que ela está usando meia-calça. É o terceiro bar da noite — o quarto, contando o dos bolinhos e das cervejas —, e María acha que bebeu demais. Logo logo terá que convencer Pedro a voltar para casa, tomar um banho rápido e trocar de roupa; amanhã — hoje — vai trabalhar com dor de cabeça, mas lhe resta o consolo de descansar à tarde e folgar no domingo, se bem que Pedro talvez queira ir a sua casa depois do almoço. Quando concordou em sair com a turma na sexta, ela previu quase tudo: uma noite diferente, num bairro que praticamente não tinha pisado desde a mudança para Madri, se bem se lembrava, um bairro que conhecia mais por fotos no jornal. E lá está ela, vestindo sua meia-calça preta e sua camisa com ombreiras tão comprida que a confundiu com um vestido, naquele bar onde todo mundo é quatro ou cinco metros mais alto do que ela.

— Eu disse que gostei das suas calças.

— Não é calça, é meia-calça.

— E você sai pela rua mostrando a bunda, boa menina?

María explica com paciência que não, que na rua ela sempre usa um casaco comprido, até os joelhos, que a meia-calça é preta — à primeira vista, acrescenta com sarcasmo — e a camisa vai até a metade da coxa. Traduz em palavras, enfim, o que a mulher teria visto se se desse ao trabalho de olhar para ela. María, ao contrário, repara na mulher: o vestido tão curto que deixa ver a calcinha, o tecido brilhante — não teria coragem de me vestir com um tecido assim nem na noite de Ano-Novo, pensa María —, um par de brincos enormes em forma de abacaxi, a maquiagem que se adivinha fluorescente na pouca luz do banheiro. María mal se pintou, só um pouco de rímel e batom já no segundo bar. Não bebeu tanto assim, pensando bem, pois foi capaz de descrever a mulher com muita precisão; ou talvez tenha bebido demais, sim, mas ela aguenta bem. É o que dizem esses aí fora: María bebe como um homem.

O banheiro das mulheres só tem uma privada. Já faz um bom tempo que saiu uma moça e entrou outra, que está demorando e aumentando a espera: da outra mulher e de María, que têm espaço para esperar dentro do banheiro, e de uma terceira, fora, que abre e fecha a porta para ver o que está acontecendo. A outra mulher dá golinhos de cerveja, um atrás do outro, e destampa a falar em voz alta, María não sabe se puxando conversa ou só por medo do silêncio. De fora se infiltram a música, as vozes, algumas garrafas batendo em outras garrafas.

— Eu gosto mais de cerveja do que de vinho ou de qualquer drinque. Ela me conecta com o ambiente. O vinho tem um encanto que leva a gente para muito longe, não é? E os drinques... Eu penso num drinque e imagino meu pai com os amigos nas festas de verão. Não têm nada a ver comigo. Prefiro cerveja. — Aproxima sua garrafinha da de María e simula um brinde.

— É mais barata.

— Adoro sua roupa, sério mesmo. Já falei. De onde é? De que loja? Espere, deixe eu adivinhar: você não comprou aqui, não é? Deve ter sido numa viagem. Foi em Londres? Ou no Rastro, no mínimo. Você costuma ir ao Rastro? Eu só vou para comprar discos e fanzines.

A mulher fala tão rápido que as palavras se atropelam. Que idade será que ela tem? María tenta descobrir: as rugas que a mulher tem perto das têmporas mal se insinuam. Por outro lado, vê certo roxo rondando os cantos da boca dela, como rondam a sua própria. Talvez tenha mais de trinta, como María. Já fez trinta e três, pensa. Quantos filhos minha mãe tinha parido na minha idade? Os irmãos mais velhos já tinham nascido e talvez ela, se não calcula mal. Soledad ainda não, nem Chico, com certeza. Pensa no irmão caçula, que deve ter voltado do trabalho algumas horas atrás; gosta de imaginar que talvez esteja acabando de ver um filme. Será que Chico gostaria de estar lá com ela? Faz tempo que ele cansou de perguntar quando poderia visitá-la.

— Que foi, se assustou? Cansou? Meus amigos vivem me dizendo: Leidi, você fala demais. É como um aviso. Para não dizer: cala a boca, Leidi.

María não sabe se Leidi está zombando dela, se está tão bêbada que não distingue o que quer dizer do que deveria dizer, ou se é assim mesmo que ela pensa — tão solta — e vai despejando as palavras. Já terminou sua cerveja, mas continua levando a garrafa vazia aos lábios. María está achando graça na tal Leidi. Sua bolsa, suas botas de cano alto, quanto será que pagou por elas? Provavelmente o bastante para María sair do vermelho num mês difícil, ou para comprar um bom presente para Carmen. Um vestido para o Natal? Vai ter que descer até Córdoba, então. Que número será que ela usa?

Quanto mede sua filha? Pensa que assim pode compensar sua ausência; pensa em presentes para as próximas férias, para o Natal, para seu aniversário.

— E a boa menina veio sozinha ao bar? Ou veio com amigos?

— Com amigos.

— São de algum grupo?

— A gente se conheceu numa associação de moradores, em Carabanchel. Eu moro lá desde que vim para Madri. Quase nunca venho para este lado. Lá dão cursos e tem grupos de cinema, de teatro. A gente comenta livros, filmes... Organizamos exibições em parceria com algum cineclube dos universitários do bairro. É bem divertido.

É bem divertido some entre as gargalhadas de Leidi; no meio da resposta, a outra mulher já fechou os olhos e exagera a risada, apoiando-se na parede. É por minha causa, pensa María; ela está rindo de mim. Não é a primeira vez. María aprendeu a se fazer de vulnerável, ingênua, a pedir — a voz suave, os olhos quase fechados de tanta sutileza — que repitam e lhe expliquem o que querem dizer, como se não entendesse de primeira. María boba foi o apelido que lhe deram numa casa onde trabalhou durante uns dois anos, onde ela falava forçando um tom agudo, que aprendeu assistindo a comédias. É assim que María cria um escudo diante de pessoas como Leidi.

— Esses que estão aí fora vão ajudar vocês. Esses que estão aí fora, todos eles, eleitores PSOE. São da sua turma.

A mulher balbucia, aponta primeiro para fora com o gargalo da garrafa, depois com um dedo: indica um alvo imaginário, sem interromper sua verborragia. A garota que espera do outro lado da porta, abre logo, sua vaca, pergunta se o banheiro continua ocupado, vai se foder, dá duas pancadas na porta — com um punho fechado a primeira, com o pé direito a segunda —, tô mijando nas calças, vadia de merda, e volta a sair. Uma voz de dentro da cabine pede mais uns minutinhos, Leidi pergunta se está tudo bem, a voz responde que sim, que só mais uns minutinhos, mais uns minutinhos, de novo. Leidi se solidariza e se afasta, dá mais um gole de ar. Para María é um consolo estar ali fechada com Leidi e a garota silenciosa do banheiro.

— Eu não votei no PSOE. Votei no Partido Comunista.

— Não conte para os meus amigos, mas eu também. Nos comunistas! Se meu pai soubesse... Somos umas perdedoras, percebe? Votamos na esquerda que está caindo a pique. Minha vó tinha medo deles, mas eu acho que são uma gracinha. Todos iguais! Agora olha aqui para a gente, para você e para mim, para a outra que está aí dentro. As três no mesmo bar, na mesma hora, bêbadas. No que a gente se parece? Ei, mijona! No que você se parece comigo?

Enquanto a voz volta a pedir mais uns minutinhos, Leidi pega na mão de María e a puxa para a frente do espelho. Um corpo de mulher junto a outro corpo de mulher: as panturrilhas finas e fortes de Leidi não são muito diferentes das de María, um pouco mais grossas, mas também robustas; María tem coxas mais generosas, o quadril mais largo, mas seu corpo se afina na cintura. A figura de Leidi é mais reta. Se Leidi levantasse o vestido, se María levantasse a camisa, as duas descobririam as mesmas estrias na barriga, na de Leidi a cicatriz da cesariana. Os seios minúsculos de uma — dois botões que mal serviram para você dar de mamar, disse o ex quando terminaram —, fartos da outra. E os mesmos elementos nos dois rostos tão diferentes: uma boca, um nariz, dois olhos. Leidi os abre e María os fecha. Leidi não para de falar: fala o tempo todo.

— Quando perguntei se seus amigos eram de um grupo, estava falando de música. Um grupo de música: neste bar, a esta hora, todo mundo tem uma banda. Não estava rindo de você. Eu sou atriz, apareci em dois filmes. Dançando numa festa, conversando num lugar como este aqui. Mais ou menos isso. Sou velha demais para ter uma banda. Você não, ao contrário. Quantos anos você tem, boa menina? Eu, vinte e sete.

— Trinta e três.

— Não parece... Você tem cara de vinte e poucos. Já contei tudo sobre mim. Agora é sua vez.

Leidi estende a mão, María a aperta. É a segunda vez em poucos minutos que sente a mão dessa mulher na sua e pensa que ela tem razão: as duas não se parecem em nada. Daqui a pouco María vai ter que desfazer o caminho, tentar não passar mal com o cheiro da água sanitária. Nesse fim de semana vai descansar, talvez amanhã ela telefone para a casa da mãe para conversar com a filha.

— Você conhece alguém que trabalha num escritório? Eu faço faxina num prédio de escritórios. Toda manhã, horas antes de o primeiro funcionário chegar. Logo mais, às sete, vou limpar a sujeira que deixaram ontem, para que na segunda ninguém reclame do chão manchado nem dos cinzeiros cheios. De sexta para sábado: é o pior dia.

— Não sabia que tinha gente assim.

— Bom... Tem de tudo. A datilógrafa do segundo andar sempre deixa recados: obrigada, tenha um dia feliz, derramei o café e tentei limpar. Mas não é o normal.

— Estou falando de você. De gente como você, entende? Nunca pensei que alguém recolhe o lixo. Quer dizer, eu vejo na rua, mas nunca tinha conversado com alguém como você.

Ao fundo se escuta a urina da moça do banheiro, um jato forte, contínuo, e de repente um espirro que o interrompe, e em seguida a descarga. Quando a porta se abre, aparece uma moça vestida igual a Leidi, o vestido curtíssimo e brilhante, o cabelo — castanho o dela — raspado de um lado, com sombra preta nos olhos, correntes em volta do pescoço e dos ombros. Leidi reage; abre a bolsa, puxa a carteira. É a vez dela. Procura uma nota e, entre papéis e cartões, cai no chão uma foto 3×4. María se agacha para pegá-la e observa — ato reflexo — o rosto da menina: os mesmos olhos cor de mel de Leidi, imensos na cara redonda. Procura os traços que possa ter herdado do pai — o queixo pontudo e o nariz achatado — e nos que puxou à mãe. Não sabe se a cor do cabelo, porque o de Leidi está tingido;

apostaria que é castanho-claro, pelas sobrancelhas. Se for assim, o cabelo da menina é mesmo como o de Leidi, liso, preso numa maria-chiquinha. Na foto força um sorriso, uma fileira de dentes cerrada contra a outra fileira de dentes.

— Olhe, boa menina! É minha filha. Tem sete anos. Eu me divorciei do pai dela assim que aprovaram a lei. A gente não via a hora, tanto ele quanto eu. Agora ela está com a minha sogra, que me faz esse favor algumas noites. Preciso continuar levando a minha vida, entende? Assim também conheço gente: nunca se sabe quando pode aparecer algum papel. Essa história das mães dedicadíssimas já era. Agora é viver a vida enquanto ainda me aguento em pé. Você tem filhos?

— Tenho, sim, uma filha.

— Ela também está com sua sogra?

— Não, com a minha mãe. Tem a idade da sua.

— É bom ser mãe jovem, não? Quando minha filha tiver a filha dela, eu que vou tomar conta. Vou ser a avó moderna. Você vai ser a avó de Carabanchel. Olhe para ela, olhe — a mulher dá dois beijos na foto e a aproxima de María. — Bonita e esperta. Tão pequena, mas precisa ver: chora até a gente dar o que ela quer. Você tem fotos da sua filha?

— Não. Aqui não. Em casa eu tenho. Em casa, claro que tenho.

Também nisso María e Leidi não se parecem. Duas pernas, dois braços, uma boca, um nariz, dois olhos, o ventre que pariu: tudo isso elas têm em comum, mas não a mentira de María sobre a idade de Carmen, a forma como logo mais voltarão para casa — Leidi de táxi, ou quem sabe no carro de algum amigo; María de ônibus noturno —, a pressa com que María tomará banho e seguirá para o trabalho, as conversas que Leidi esticará até o meio-dia. Elas não têm em comum a sala de casa, o quarto que Leidi reservou para a filha, a fotografia de Carmen que María não exibe no seu apartamento, a idade de Carmen que María oculta da desconhecida. Ela a guardou numa gaveta quando Pedro a visitou pela primeira vez: conversavam todos os domingos na casa da prima dela, e María comentou que um eletrodoméstico estava dando problemas — agora não se lembra se era a máquina de lavar ou a geladeira —, e Pedro se ofereceu para dar uma olhada. María guardou a primeira fotografia de Carmen que ela recebeu, aquela que colocou na mesa de cabeceira quando morava com os tios, e outras imagens de todos esses anos: Carmen no bar, sendo carregada por Chico dentro de um caixote de refrigerantes, e Carmen no colo de Soledad na quermesse do bairro. Havia outras, que Chico emoldurou e pendurou no quarto que os três dividiam e que depois seria só de Carmen: imagens dela com María, a mãe observando a filha, de fora alguém diria que com certa ternura, de dentro — da barriga estriada — observando aquele par de olhos minúsculos e escuros, que puxaram ao pai. Todas as fotos agora na última gaveta do móvel da televisão, escondidas há oito anos. Durante todo esse tempo, claro que ela contou a Pedro sobre a existência de Carmen, mas nunca lhe mostrou uma única imagem, recusando-se até mesmo a descrever os olhos da filha, um nariz, uma boca, dois braços e duas pernas.

— Agora sou eu. Você quer também?

María nega com a cabeça e espera Leidi entrar, demorar e pedir mais alguns minutos, como a moça morena e silenciosa. E é isso que acontece: a garota que esperava lá fora volta a abrir a porta, entra no banheiro, fica ao lado de María e murmura até que enfim, que inferno mijar nesses bares, por favor me digam como a bexiga de vocês aguenta, porque eu não consigo passar tantas horas tomando uma cerveja atrás da outra e não ir no banheiro, não tem como. María fecha os olhos, deixa de escutar e podia até jurar que cochilou por um ou dois minutos. Acorda com um toque no ombro: Leidi a sacode suavemente, enquanto retoca a maquiagem e avisa que chegou a vez dela. María calcula o tempo que esteve ali e pensa que Pedro e ela já deveriam ter ido embora. Levanta a camisa enquanto vai abrindo a porta do compartimento e se vira antes de baixar a meia-calça:

— Você não me perguntou, mas meu nome é María.

— Leidi. Asun, na verdade, mas achava que era muito... Muito pouco, sabe? Todo mundo me chama de Leidi.

Na ponta dos pés para não encostar na privada, com os olhos fechados para afinar a pontaria, María urina as cervejas da noite. Escuta uma conversa entre Leidi e a moça que espera: lamentam o tempo que perderam, acabam se reconhecendo por amigos em comum. María procura um lenço de papel na bolsa, se enxuga. Ao sair do banheiro, Leidi já não está, apenas a garota que esperava, e ela também volta à pista de dança.

— Que demora, hein?

— Você sabe como é, Pedro... Fila no banheiro. Já devíamos ter ido embora.

Com sua roupa barata, com seu cheiro de gasolina e amoníaco, de onde vieram Pedro e seus amigos? Quem eles pensam que são? Seu olhar tropeça com o grupo de Leidi, com o grupo da garota silenciosa, com os amigos da moça que esperava. María olha para o seu grupo, ainda atracados na discussão. María fecha os olhos, afasta-se alguns metros para dançar sozinha, tem a sensação de que um dos sujeitos do primeiro bar se aproxima dela nesse último bar, ela volta e pega Pedro pela mão. Felipe González prepara junto com Calvo Sotelo a transferência do poder, é extinto o Conselho da Revolução português, aperte uma tecla e escreva uma carta inteira: as manchetes do jornal que chegará às bancas dentro de poucas horas. Ela não sabe de nada, porque bebe e bebe e se balança um pouco, às vezes de mãos dadas com Pedro — imóvel —, às vezes separando-se dele. Os jornais falam sobre ela? Olhos, nariz, boca, pernas, braços, marcas no corpo de uma mãe que não é mãe? O poder e a revolução falam sobre ela? Vidro contra vidro contra vidro, três mãos — pelo nas falanges, preto o branco das unhas, gasta a pulseira de couro do relógio — e uma mão — as falanges lisas, as unhas com o branco aparado, uma fina pulseira de prata —, um brinde à garota do grupo! Um brinde especial à garota do grupo! Tome, María: mais uma cerveja. Por quê? Por que vocês pediram outra rodada? Estamos brindando a quê? Uma garrafinha vazia, duas pela metade, alguém acaba de pedir mais uma: ou vamos agora, ou ela não vai chegar ao trabalho, assim você vai me obrigar a esperar que ela se troque, minha mulher me mata se acordar e perceber que ainda não voltei. O rastro gelado de uma garrafa nos dedos dos outros. Mais um brinde! Não chore, María, já estamos indo, eu vou pisar fundo, e chegamos em casa num instante, você só arruma o cabelo, sem tomar banho, e eu levo você para o trabalho. Pare de chorar, María, por favor. Por nós! Por nós e pelos outros! Um brinde à garota do grupo! Um brinde especial à garota do grupo!

O sonho

Madri, 2008

— Desde os treze anos, sonho todas as noites com o suicídio do meu pai. Sinto o sono chegando e quero te contar isso porque amanhã vou acordar assim: depois de ver meu pai pendurado numa árvore. Não se preocupe: não falo dormindo, não choramingo com o alarme do celular; acabei me acostumando. Alguns homens me avisaram que roncam, outros que se mexem muito; o que acontece comigo é que toda noite meu pai se espatifa com o carro, mas não consegue morrer e acaba se enforcando. Já te contaram isso, não é? É sempre a mesma coisa: dizem meu nome, minha idade, talvez mencionem onde moro e o que eu faço, se estou empregada, e depois baixam a voz e dizem que meu pai se matou. É como se fingissem uma dor impossível, porque não o conheceram, e também porque não sabem nada sobre as circunstâncias nem sobre os motivos que o levaram a fazer o que fez. Ou porque sentem dó, por isso a voz baixa: porque me consideram vítima do momento em que meu pai se matou, de tudo o que se seguiu em consequência daquilo, e qualquer coisa errada que eu faça é justificada por essa decisão dele. Durante anos me senti confortável assim: o suicídio do meu pai me dava carta branca para fazer o que eu bem entendesse, com a desculpa da pena e do pesar. Mas desde pequena eu já gostava de ser cruel. Estou falando de prazer mesmo. Não conseguia evitar, e ainda hoje não consigo: me divertia atazanando as colegas mais burras ou mais pobres, era bem fácil naquele tempo, e pouco me importava que depois me evitassem no recreio, que ninguém me convidasse para o aniversário. Também já devem ter te falado que não sou lá muito boa pessoa, não? Aposto que sua amiga te avisou. Tenho uma irmã mais nova. Não, mal nos falamos. Daqui a pouco eu conto. Eva, o nome dela é Eva, é quatro anos mais nova e sempre foi exatamente o oposto de mim: muito extrovertida, adorava quando tínhamos que passar o fim de semana em algum dos restaurantes do meu pai, correndo entre as mesas e brincando de ser garçonete. Quando meu pai se matou, Eva se fechou em si mesma, passou a falar pouco ou quase nada, desenhava o tempo todo; era seu jeito de dizer o que queria dizer, que eu não sei o que era, nem quero saber. Minha mãe foi criada por dois tios, e sempre achei engraçado que antes do suicídio minha irmã se parecesse tanto com ele, com o tio Chico, e depois tenha virado uma cópia da tia Soledad, que não podia mesmo ter outro nome. Eva sempre funcionou por imitação: reproduzindo as atitudes que lhe dessem mais segurança. Não sei se é por falta personalidade: é minha irmã, mas quase não sei nada dela. Sua vida nunca me interessou, nem antes, nem agora. Mal nos falamos. No caso de Eva, acho que a mudança de atitude foi mesmo consequência do que meu pai fez. No meu não. Eu já era assim.

"Mas voltando ao sonho: estava te falando do sonho. No início eu acordava sempre como nos filmes: com a nuca encharcada de suor, sabendo que tinha gritado. Acontece sempre a mesma coisa: o carro se espatifa contra a árvore, ele sai cambaleando, faz uma forca com os cintos de segurança e se pendura na árvore. Você pode achar estranho, mas aprendi a dominá-lo: não me refiro ao sonho em si, mas ao lugar que ocupo e à função que cumpro nele. É engraçado, porque os sonhos supostamente se passam no subconsciente, num lugar onde não temos poder de decisão: mas no sonho estou num ponto diferente a cada noite, às vezes assisto ao suicídio do outro lado da estrada, às vezes do banco do passageiro, às vezes até ajudo meu pai a alcançar a forca e morrer mais rápido. Na maioria das vezes, no entanto, fico a uma distância suficiente para ele não perceber que estou lá, mas que, ao mesmo tempo, me impede de fazer qualquer coisa. Sabe as metáforas? Então, uma metáfora. Tipo uma charada: você faz referência a uma coisa e a explica sem falar diretamente dela. Mais ou menos isso. Apesar de não me interessar por literatura, interpreto que nunca faço nada, em nenhuma noite desde meus treze anos, porque nada que eu tentasse faria meu pai voltar atrás. Ficar escondida entre as árvores: uma metáfora.

"Nas últimas semanas começou a acontecer uma coisa estranha: em nenhum momento meu pai aparece de frente. Não é toda noite; às vezes o esquema do sonho é o mesmo de sempre. Mas em algumas noites, sem que durante o dia tenha acontecido nada de especial, porque todos os meus dias são iguais, eu sei que é meu pai porque reconheço seu corpo grande, aquelas costas largas, e porque já espero que ele monte à forca, mas nunca me mostra o rosto. E o rosto que vejo antes de acordar, com o sangue seco e os olhos fechados, é o meu próprio. Fazia quase dez anos que isso não me acontecia: tinha acontecido uma vez, uma única vez, no primeiro ano do colégio. A primeira noite, não a primeira noite, mas a segunda primeira noite, acordei assustada, prendendo a respiração, com a mesma sensação dos sonhos dos treze anos, quando ainda me assustava. Pensei que fosse só uma coisa da minha cabeça: como se de vez em quando eu introduzisse um novo elemento no sonho para não cair na mesmice, para não baixar a guarda. Não dei muita importância. Mas agora já se repete há várias noites, não como a exceção daquela primeira vez, e estou achando graça nessa identificação, porque nunca reconheci em mim nenhum traço do meu pai. Eu puxei à família da minha mãe. Não a ela, de quem só tenho estes olhos de rato, mas aos tios dela e acho que à minha avó, pelo menos é o que dizem. Eu nunca a vi. Ela pariu minha mãe e a visitou algumas vezes quando era pequena, depois sumiu. Acho que também mora em Madri."

O corpo de seu pai balançando, pendurado numa forca e num galho; o cadáver de seu pai esperando que uns desconhecidos ganhassem uma história para comentar através dos séculos. Numa tarde de verão à beira da piscina, nunca te contei do dia em que estava com meus pais, voltando do jantar numa das churrascarias da serra? Ou muitos anos mais tarde, na sala de TV de uma casa de repouso, aí meu marido resolveu parar o carro do jeito que desse para ver se era um cadáver ou uma brincadeira de mau gosto. Sua mãe decidiu que Eva era muito nova para ir ao funeral e a deixou na casa da tia Soledad; mas Alicia teve que ocupar a primeira fila na igreja, receber os pêsames de gente que não conhecia e que desapareceu da vida delas assim que a missa terminou. Também naquele verão: o apartamento onde moravam foi vendido mais rápido do que pensavam, e Alicia não teve a menor dificuldade em despejar sua coleção de bonequinhos num saco de lixo, embora sua mãe tenha lhe oferecido para guardá-los numa caixa até se mudarem para a nova casa. Aqueles brinquedos pertenciam a outra vida; não tinha muito sentido conservá-los.

Alicia passou aquele verão na casa do tio Chico, indo de vez em quando à piscina do centro esportivo, com Eva e a tia Soledad, mais à vontade com o passar das semanas, assistindo a um filme atrás do outro sem ser incomodada por ninguém. Nos filmes do tio sempre apareciam mulheres belíssimas, com longa cabeleira loira, resgatadas por homens que fumavam muito; também apareciam mulheres que conservavam o caráter, apesar dos golpes da vida. Quando o tio voltava do restaurante, Alicia lhe pedia indicações para o filme do dia seguinte, e ele recomendava algum com tanto entusiasmo que acabavam assistindo juntos. Depois que aparecia o letreiro de "The End", ele lhe perguntava se tinha gostado do filme, qual era seu personagem favorito, se o final a convencia. Naquele verão, o rosto do tio Chico se afinou e ele de repente virou metade do homem que era até então.

Dos anos seguintes, Alicia tentou esquecer o que aconteceu, e esta — de certo modo — é a voz de sua memória. Ela os interpreta como uma longa transição da vida anterior à vida presente: o purgatório, o espaço entre o céu e o inferno, sem saber muito bem onde fica cada um. Depois dos problemas que ela teve no primeiro ano, a mãe providenciou sua transferência para o colégio do seu novo bairro, o mesmo bairro dos seus primeiros anos, e nos corredores da escola Alicia cruzou com alguns colegas do primário; fingiu que não os conhecia. Omitia qualquer referência à sua família, embora todos já soubessem quem ela era, e se concentrava em estudar. A orientadora a parabenizou: de repetir a sexta série do primário a um dez em todas as disciplinas. Alicia não gostava de estudar, mas se distraía; era o mesmo com o cinema. Primeiro o tio Chico lhe emprestava sua carteirinha da videolocadora e depois Alicia aprendeu a baixar filmes pela internet. Não lhe davam prazer, e isso ela nunca confessou, mas a distraíam; ler demandava esforço, e nos filmes as histórias passavam diante ela, sem exigir nada. Foi sendo aprovada ano após ano, recusou a ênfase em ciências e preferiu as humanas; para orgulho do tio Chico, ao terminar o colégio optou pelo curso de comunicação audiovisual. Não era difícil para Alicia justificar a escolha para a mãe, dado o fervor com que consumia cinema, e assim garantia sua saída da cidade. Alicia achava que Sevilha e Málaga ficavam muito perto, que a obrigariam a viajar para casa todo fim de semana. Escolheu Madri. Sua mãe chorou; era o que se esperava. Foi assim que ela agiu com Alicia durante todos aqueles anos:

da forma como se espera que uma mãe se comporte com uma filha. Cumprimentou-a trimestre após trimestre pelas notas, enquanto Eva emudecia, repetia de ano, faltava às aulas, anunciava que não tinha nenhum interesse em desperdiçar sua vida indo ao colégio. A mãe explicou a Alicia como se fazer respeitar pelos homens, como não engravidar antes da hora — Alicia teve de reconhecer a graça desses conselhos —, e se preocupou quando ficava em casa aos sábados e se negou a participar da viagem de formatura. Imaginava a mãe fazendo uma lista e riscando as ações já realizadas — "hoje, parecer compreensiva", "amanhã, mostrar interesse por seus planos para o futuro" — antes de ir deitar. Nisso Alicia se parecia com ela. O tio Chico costumava contar rindo: desde pequena Carmen não tinha muita graça, mas sempre foi muito esperta, e relembrava os dias em que ele e tia Soledad dividiam o quarto com o berço, e a estranha sensação de ir se tornando um homem à medida que a menina ia crescendo. Alicia nunca teve graça, mas sempre foi esperta: calculou o que estudar para parecer convincente e fugir, e calculou também que poderia se sustentar sem a ajuda da mãe. Com a bolsa de estudos e o auxílio a órfãos, poderia arcar com um quarto numa república, com a alimentação e a mensalidade. Afinal, Alicia conseguira restabelecer a ordem: reconduzir sua vida para o caminho do qual a desviaram. Não teria muita dificuldade em recuperar o que era dela. Em poucos anos se formaria e logo arranjaria um bom emprego, compraria uma casa própria, tiraria longas férias, talvez até mandasse algum dinheiro para a família.

Não foi o que aconteceu. Alicia se mudou para um apartamento com outras duas garotas do colégio, sem entusiasmo, porque as mães procuravam uma terceira inquilina e combinaram com Carmen, sem lhe deixar alternativa; tudo custava o dobro do que ela calculara, e logo acrescentou ao telefonema semanal para a mãe uma ligação ao tio Chico para lhe pedir dinheiro, inventando um suposto material para umas práticas inexistentes. As aulas a entediavam, e ela não se dava com os colegas: o entusiasmo geral excluía Alicia das conversas. Ela achava ridícula a maneira como todos falavam sobre filmes, eles, elas, sem dinheiro para pagar uma escola de cinema ou sem talento para passar nos exames de seleção. Alicia soube que a apelidaram de "cínica" — devia reconhecer, também dessa vez: o trocadilho com "cine" tinha sua graça —, porque vivia dizendo que só queria ganhar dinheiro e que não dava muita importância para a arte. Deixou de ir às aulas: não de um dia para outro, mas passando a não frequentar uma disciplina, depois outra, ausentando-se das provas ou acumulando tantas faltas que não lhe permitiam seguir. Pensou em se matricular em algum outro curso que depois lhe desse a chance de prestar um concurso, talvez direito, ou então ser professora. De língua e literatura? Tinha facilidade para analisar frases — tudo o que tivesse a ver com a linguagem, engraçado como as palavras afetam as pessoas —, e ler não era tão complicado assim. Mas enquanto isso precisava se sustentar, e procurou seus primeiros trabalhos: limpando mesas num café de Argüelles durante algumas horas, depois o dia inteiro atrás do balcão, e assim se passou meio ano e ela decidiu procurar um apartamento para dividir com outras pessoas, de modo que sua indecisão não fosse irradiada por telefone para uma casa a poucos metros da de sua mãe. Não sentia prazer no trabalho — quem pode ter prazer em ficar de pé tirando café atrás de café, prestando atenção para que os clientes de uma mesa não saiam sem pagar e os de outra recebam o troco certo —, mas funcionava para ela: recebia um salário, não precisava pensar. Parou de pedir dinheiro ao tio Chico. Ainda ligava para ele de vez em quando, a cada duas ou três semanas; já as conversas com a mãe, Alicia as transformou em e-mails para Eva, para as duas lerem juntas. Ninguém reclamou.

Durante todos esses anos Alicia seguiu o trajeto da linha verde de metrô rumo ao sul, deixando o rio para trás, conforme mudava de emprego: o café, uma loja de roupas, Puerta de Toledo, Pirámides, outro café, um bingo, Marqués de Vadillo, alguns meses desempregada, Aluche, uma empresa de limpeza, Urgel, um supermercado, Eugenia de Montijo. Ela fica bem de uniforme e agora mora sozinha pela primeira vez: um apartamento pequeno que alugou de uma colega de trabalho. A mãe dela morreu ali, na cozinha, lavando a louça, e uma semana depois Alicia estava arrumando suas roupas no armário da falecida, tomando o café da manhã a um passo do lugar onde talvez a colega tenha apertado o peito da mãe, tentando lhe reanimar o coração. Não desgosta do bairro, e pelo sim pelo não vai economizando o que pode: acompanha as promoções de produtos perto da data de vencimento, para ser a primeira a comprá-los. Aproveita ao máximo a água da torneira: meio copo no micro-ondas para requentar o arroz sem que resseque; o macarrão de molho por meia hora antes de cozinhar, para disfarçar que é barato. Alicia não sente prazer em sua vida, mas sua vida a distrai.

— A história do meu pai? Bom, no início falaram para a gente que ele tinha morrido num acidente de trânsito. Fiquei sabendo mais tarde, não muito, que era isso que comentavam no bairro, e meu tio ou minha mãe, não me lembro qual deles, aproveitou os rumores: alguém disse para mim e para a Eva que meu pai tinha subido a serra para visitar uma das churrascarias de lá, porque ele estava pensando em comprar uma, e que ao descer derrapou numa curva e bateu numa árvore. Meu pai tinha vários restaurantes. Começou trabalhando como garçom com meu tio Chico, que não é meu tio, e sim o tio da minha mãe, e que para mim também não é um tio, mas uma mistura esquisita de pai e mãe. Quando eu era adolescente, minha mãe costumava visitar meu tio, dava carona para ele quando descia do centro para o bairro na saída do trabalho, e voltavam para casa juntos. Meu pai era um pouco mais velho que ela, não muitos anos, cinco ou seis, e minha mãe engravidou muito cedo, mais cedo até do que minha avó. Foram obrigados a casar às pressas e, quando eu nasci, ficaram morando um tempo com meu tio Chico; ele tinha um apartamentinho no bairro, ainda mora lá, com um quarto só para seus filmes, porque ele adora cinema. Para os avós da minha mãe, foi demais ver que a história da sua filha se repetia nela e não quiseram ajudar; na casa dos outros avós, meus avós por parte de pai, já morava uma tia minha, com o marido e os filhos, e não tinha mais lugar. Por isso, enquanto meus pais não conseguiam onde morar, para pouparem um pouco, o tio Chico emprestou seu próprio quarto para eles e se fechou no quarto dos filmes, numa cama de armar onde depois eu dormiria muitas vezes. Falo muito nele porque foi mesmo uma pessoa importante para mim. Foi ele que escolheu o nome da minha irmã. Meu nome é Alicia. Quem escolheu foi meu pai.

"Meu pai levou a sério a coisa de virar chefe de família e logo conseguiu um emprego de garçom num restaurante que pagava melhor, e daí para a frente eu quase não o vi mais, porque quando ele chegava em casa eu já estava dormindo havia horas. Na verdade, mal me lembro dele. Esta história eu a completei com o que o tio Chico me contava, com o que eu ouvia de suas conversas com minha mãe e com a tia Soledad; o que minha mãe diz, o que minha mãe dizia sempre me pareceu mais mentira do que verdade. Minha mãe é muito inteligente; não sei se bonita, deve ter sido na adolescência, agora não tenho a menor ideia, porque faz anos que não nos vemos. Calma, já vou explicar por quê. Primeiro eles compraram um apartamento no bairro, depois meu pai montou seu primeiro restaurante e levou o tio Chico para trabalhar com ele. Deu certo, e quando Eva nasceu, meus pais compraram outro apartamento, já num bairro melhor, mais perto do centro. Em dez anos meu pai abriu quatro restaurantes, todos perto do nosso bairro: El Rincón de Carmen 1, 2, 3 e 4, embora Carmen, minha mãe, evitasse pisar nos seus rincões. Quando meu pai se matou, tinha acabado de inaugurar o quinto, já no centro, e de comprar outro apartamento, em uns prédios novos, com piscina, perto do colégio que frequentaríamos no ano seguinte. Ninguém podia dizer que eles tinham se dado mal, muito pelo contrário: quando meu tio Chico começou a andar, as ruas do bairro, que era o dele e também o dos meus pais, ainda não tinham iluminação, e quando meu pai nasceu nem esgoto tinha. Eles vinham de lá, tinham saído de lá e compravam restaurantes e apartamentos cada vez maiores, em bairros melhores: não tinham conseguido completar seus estudos, mas a gente ia fazer isso, num colégio privado, com colegas do nosso nível. Minha mãe, para não correr o risco de encontrar as vizinhas no mercado ao lado de casa, ia de carro fazer a compra no El Corte Inglés; e o mesmo fazia com a roupa, os eletrodomésticos, pagando tudo com cartão de crédito. Eva vivia no seu mundo e se divertia dançando no recreio, mas de certo modo quem imitava a presunção da minha mãe era eu, sem vergonha, com orgulho: no colégio, sabia que era melhor que as garotas que me rodeavam. Repeti o último ano porque achava que não precisava passar para ter uma vida melhor que todas elas, com sua roupa feia e barata, sempre o mesmo agasalho, nos dias de educação física, nos outros os jeans remendados. O que eu queria ser naquela época? Não sei direito. Se não tivesse acontecido aquilo, acho que eu teria feito administração de empresas e depois meu pai me botaria para trabalhar numa sala ao lado da dele, e dali a poucos anos eu me casaria com um colega da faculdade e pararia de trabalhar ou apareceria no escritório uma ou duas vezes por semana. Mas o fato é que meu pai se matou: um sonho tem me lembrado disso todas as noites da minha vida, como um alerta que me sacode para que eu assuma a vida que perdi e também a vida que tenho agora."

Quando a colega o apresentou a ela, Alicia não entendeu o primeiro som que saiu da boca dele; ouviu o final da palavra e olhe lá. Não gostou da aparência: alto demais, o nariz adunco e os olhos saltados. A conversa também não a interessou muito; nos fins de semana, ele anda de bicicleta, entrou num clube de ciclismo assim que terminou o colégio e insistia em contar como madruga aos sábados e domingos e os percursos que faz nesses dias. As ladeiras, o quadro da bicicleta, por quanto tempo falou dessas coisas? Quinze minutos, uma hora; Alicia disfarça bem quando ouve sem escutar, fingindo interesse enquanto pensa na folga do dia seguinte. Mora em Canillejas, Alicia tem a impressão de entender — agora, já no apartamento, confirma o bairro —, e perguntou onde ela mora: em geral mente, inventa um nome, uma profissão e um bairro, mas ele conhece sua colega de trabalho — Rocío, que está comemorando aniversário — e logo descobriria a mentira. Para ele, o fato de Alicia morar em Eugenia de Montijo, no outro extremo da mesma linha de metrô, é um sinal do destino; para ela, uma piada infame. Ele comprou o apartamento faz uns dois anos para se casar com a namorada, mas ela o abandonou, e agora mora sozinho. Aí ele entrou naquele looping que Alicia detesta — os elogios à moça por quem se apaixonou, o susto com a ruptura, o rancor nada sutil pela mulher que rompeu com ele —, e ela percebeu que em vários momentos confundiu "ex-namorada" com "namorada", como se a moça tivesse rompido com ele havia duas semanas, e não cinquenta. Procurou o olhar de alguma de suas colegas de trabalho para conversar com elas e deixá-lo sozinho, mas nenhuma lhe deu atenção.

Então Alicia se esforçou em imaginar seu corpo nu — a barriga inchada de cerveja, as marcas de sol nas panturrilhas — e sentiu repulsa, um calafrio de puro nojo subindo pela espinha. Ele notou; notou seus olhos se fechando, o tremor dos ombros, e lhe perguntou se estava com frio, se queria sua jaqueta. Alicia teve de reconhecer que naquele momento — não o do cavalheirismo barato, mas o da imagem do seu corpo nu — tudo mudou: a voz lhe pareceu mais amável, reparou no lábio superior fino e no inferior saliente e decidiu que, se ele resolvesse beijá-la, ela não o rejeitaria. Voltou à conversa: ele estava lhe perguntando sobre o supermercado, e ela respondeu que os turnos eram razoáveis e que a relação com as colegas era boa. Ele não respondeu, talvez esperando que Alicia acrescentasse mais alguma coisa, ou que depois do seu falatório — a paixão pelo ciclismo, a separação, a estimulante existência de um trintão solteiro — ela introduzisse algum dado. Ela então disse a si mesma: Alicia, se você quer conseguir algo, tem que oferecer algo. Vamos lá.

— Você gosta de cinema?

— Bom, não muito. Não sou muito intelectual.

— Nem todos os filmes são para intelectuais...

— Você também não tem muita pinta de intelectual.

— Por quê? Por que trabalho no mercado?

Ele se aproximou dela. Um passo minúsculo, os corpos um pouco mais perto na parte superior. Alicia quase se arrependeu e escapuliu, aproveitando o último metrô; mas se divertiu pensando no que aconteceria depois, naquele corpo que imaginava ridículo montado na bicicleta. Ele devia ter em casa algumas fotos com seus colegas do clube de ciclismo. A troco de que lhe mostraria essas fotos? Ela pensou que, quando entrasse no apartamento e ele lhe oferecesse algo para beber, ela poderia perguntar: você não ganhou nenhuma corrida? Não tem um troféu, uma medalha? Quem sabe alguma foto pedalando com o grupo? Nunca conheci alguém que fizesse parte de um clube de ciclistas. A essa altura ele já lhe falara dos colegas e de seus apelidos absurdos, e ela não parava de pensar naqueles corpos embutidos no *culotte*, no zíper da camisa de ciclismo fechado com esforço. Quanto será que custou o equipamento? Será que a ex-namorada lhe deu um novo no último aniversário que comemoraram juntos? Alicia respondeu que sim, mas nunca soube a que pergunta; ele se aproximou mais e ela disse que não, que na frente de todos lhe dava vergonha. Ele se ofereceu para pagar o táxi e saíram juntos do bar. Ao dobrar a esquina, ele a beijou.

Alicia descobriu o sexo quando saiu da casa dos pais. No seu tempo de colégio nem sequer beijou na boca; detestava as mulheres e não gostava dos garotos que conhecia. Talvez em algum momento tenha sentido um mínimo desejo por algum colega de classe, justamente por quem não teria coragem de confessar para a amiga que — no caso — também não tinha: Miguelín, o gago, ou Juan Antonio López, que se diferenciava de Juan Antonio Pérez porque um jogava basquete e o outro — o López — não escondia sua psoríase. Miguelín corrigiu a gagueira com anos de fonoaudiologia, e ela desconfiava que López ostentava suas marcas com orgulho: isso desarmou qualquer interesse. Alicia logo percebeu que a atração física acontecia para ela na teoria e desandava na prática: o moço de cadeira de rodas que almoçava todos os domingos com os pais e os irmãos no restaurante, com as pernas amputadas abaixo dos joelhos; o garoto da classe ao lado, com sindactilia complexa na mão esquerda: reparava neles, mas não se imaginava nua no mesmo quarto, a perna que termina não num pé, mas num toco, a barbatana tentando envolver seu seio. Nos filmes, observava as cenas de sexo com frieza científica, para entender o que acontecia, e nunca nem tentou se masturbar. O prazer não a interessava, ou pelo menos não a interessava o prazer que o corpo podia proporcionar.

Alicia conhecia Diego de vista, porque os dois coincidiam num par de disciplinas; ela nunca soube a idade dele, apenas que conseguira se matricular no curso depois de trabalhar aqui e ali durante anos e que o horário do seu emprego na época mal lhe permitia assistir àquelas disciplinas. Suas intervenções nas aulas chamavam a atenção por seu vocabulário pobre e sua argumentação tosca: não tentava impor sua opinião nem ostentar maturidade, mas apenas justificar sua presença ali, para não se sentir um intruso e igualar-se aos demais. Logo arranjou dois ou três amigos para quem pagava as cervejas e com quem conversava sobre diretores que chamavam pelo sobrenome, em voz baixa, como se compartilhassem um segredo. Em Alicia, Diego provocava pena e riso.

Quando Diego — seus cadernos e anotações espalhados numa carteira da segunda fila — levantava a mão, Alicia sentia o coração disparar. Ela se deliciava com o tom em que professora de história do cinema respondia, irritada por ser interrompida; Alicia esperava as tardes de sexta-feira, quando Diego se humilhava a cada interrupção. Enquanto a professora desmontava seus argumentos ponto por ponto, Alicia reparava no cabelo dele, que raleava no cocuruto, e no tecido gasto de sua camisa xadrez. Um dia, no metrô a caminho da aula, ela se surpreendeu pensando em qual a melhor maneira de se aproximar dele. Juntando-se à turma com que ele se reunia toda sexta, depois da aula? Chato demais, gente demais, pouca intimidade. Bajulando-o: isso devia dar certo. Durante várias semanas, Alicia tomou nota das referências que ele citava: sobrenomes de diretores de cinema sobre os quais alardeava conhecimento, e que ela constatou que não eram tão alternativos como ele dizia; ela conhecia muitos filmes cult, graças ao tio. Diego lia Carver e escutava Springsteen, portanto Alicia leu Carver — pegou um livro do autor na biblioteca — e escutou Springsteen.

Alicia precisou apenas de duas ou três abordagens — na primeira tarde: desculpe, como é mesmo o nome daquele diretor que é também escritor, do Brooklyn?; e na semana seguinte, de olhos arregalados: eu vi o filme que você recomendou e adorei — para que Diego preferisse ir beber com ela, desfazendo-se do seu círculo de cinéfilos. Alicia registrou tudo o que Diego disse enquanto tomava sua cerveja, para retomar nos encontros seguintes: preferências — o cinema, acima de tudo — e sonhos — viver em Nova York, dirigir um filme —, exibição insegura de conhecimento — desfiou tudo o que sabia sobre filmografias que ela já estava cansada de conhecer —, alguma menção a alguma garota, para provar que sua mise en scène tinha mais de hábito que de exceção. Diego nunca lhe contou sobre o seu emprego, mas sim que morava no apartamento da mãe e que ela tinha voltado para o interior muitos anos atrás. Diego não demorou a cumprir com o que Alicia esperava: na terceira cerveja deu um beijo nela, e Alicia notou a língua dele entrando em sua boca, e com a língua restos de ovo, de salame e pão encharcado, e Alicia não sentiu nojo, mas que ele a alimentava como um passarinho. Diego a levou para sua casa de moto — cedeu-lhe o capacete —, e transaram num sofá de courvin marrom, derrubando no chão as mantas de crochê. Alicia não sangrou. Ele gozou em menos de cinco minutos; ela calculou o tempo olhando o relógio do DVD. Quando já estava amanhecendo, Diego se ofereceu para levá-la até em casa: era o justo. Ao se despedirem, ele a beijou no pescoço. Alicia nunca mais voltou às aulas de história do cinema nem de teoria da comunicação, mas em compensação descobriu onde encontrar o prazer.

Com quantos homens como Diego Alicia foi para a cama em todos esses anos? Uma noite, a noite seguinte: os amigos de suas colegas de trabalho, também alguns colegas de trabalho; estranhos que ela encontrava no bar embaixo do seu prédio ou na saída do metrô. Divertia-se especialmente com os quarentões divorciados, jovens demais para assumirem a solidão, mortos de vergonha de ficarem nus diante de uma estranha. Enquanto flertava com eles — sempre o mesmo roteiro: apresentava-se tímida, cedia-lhes o controle, tolerava que se sentissem poderosos —, pensava nas desculpas que dariam se brochassem, se gozassem antes de começar. Sempre que podia, evitava passar a noite com eles; voltava para casa, tomava um banho, comia alguma coisa leve, via um pouco de TV e se largava na cama. Ao fechar os olhos, Alicia voltava a ver o corpo cambaleante de seu pai.

— No início contaram para a gente que ele tinha morrido num acidente de trânsito, só que menos de duas semanas depois ouvi uma conversa da minha mãe com meu tio. Os telefonemas de pêsames dos primeiros dias logo viraram telefonemas de credores: o gerente de um banco querendo saber como iríamos pagar o apartamento novo, o gerente de outro banco perguntando sobre o empréstimo para a reforma do restaurante do centro, o fornecedor de carne reclamando que ninguém lhe dava satisfação em nenhum dos restaurantes, os agiotas perdendo a paciência. Os negócios do meu pai tinham aumentado, e junto o nosso nível de vida, sempre rolando dívida em cima de dívida, na base de favores e dinheiro do banco. Os apartamentos, as viagens, as televisões, nada disso era bancado com os pratos feitos em ambiente familiar, e sim com a estranha lógica financeira do meu pai, crente de que a falência de um restaurante seria coberta pela falência do próximo. Quando já nenhum banco lhe concedia empréstimos e os agiotas começaram a exigir seu dinheiro, meu pai teve a brilhante ideia de pegar a estrada com seu carro e simular a própria morte num acidente; achava que tudo se ajeitaria com o seguro de vida. Mas não conseguiu se matar de primeira e, fracassando até nisso, resolveu se enforcar.

"Naquela conversa, minha mãe falava, e o tio Chico escutava. Ela explicava tudo: o caos nos livros-caixa, os avisos primeiro por telefone e depois na porta de casa, enquanto a tia Soledad nos distraía, a Eva e a mim, na piscina, a inépcia do meu pai. Uma coisa que me chamou a atenção foi a linguagem que minha mãe usava para se referir ao marido, os insultos contra quem tinha sido enterrado não fazia nem quinze dias: para minha mãe, meu pai era um inútil, um imbecil, um pobre-diabo que tinha deixado a família na rua da amargura, incapaz de resolver os próprios problemas; me espantou ver como ela se colocava fora da situação, os problemas lá dele, de um estranho enforcado numa árvore. Meu tio às vezes a interrompia, pedindo que não fosse tão dura, que tentasse compreendê-lo; mas minha mãe subia o tom, usando palavras que me machucavam mais e mais. Foi assim que eu fiquei sabendo de tudo, e assim contei tudo para Eva antes de vir para Madri, quando fui aprovada no exame seletivo. Aos poucos fui juntando minhas coisas, não muitas, e passei o resto do verão na casa do tio Chico. Achei engraçado. As metáforas, sabe? Os símbolos. Passar meus últimos dias naquela cidade na casa onde tinha passado os primeiros dias da minha vida.

"Devo reconhecer que minha mãe deu um jeito em tudo com rapidez e precisão. Assumiu a derrota e voltou para a primeira casa. É a única coisa que admiro nela: a dignidade com que tirou a fantasia de nova-rica. Vendeu o apartamento novo, vendeu o apartamento onde morávamos. As três nos distribuímos na casa dos tios, dos dois com quem tínhamos contato, porque os irmãos mais velhos da minha avó nem deram as caras, até os inquilinos saírem daquele primeiro apartamentinho. Voltamos para o bairro, o bairro de verdade: o dos pobres. Fecharam restaurantes, venderam um ponto e dois apartamentos, liquidaram quase todas as dívidas e o restante foram pagando aos poucos; quando saí de casa, ainda deviam alguma coisa para um banco. O restaurante do bairro ficou com meu tio. E foi assim que minha mãe, Eva e eu recuperamos a vida que tínhamos nos empenhado em evitar. Acabou-se a história, morreu a vitória.

"Não te conto tudo isso para bancar a coitadinha nem pintar uma imagem romântica do que eu sou: uma menina rica que um dia acordou pobre. O sentimentalismo não me interessa. Sinto falta do meu pai, mas também sinto falta de algo que eu nunca vivi e que deveria ter vivido: não ter que trabalhar, ter a geladeira sempre cheia, passar as férias em lugares que as pessoas que conheço não poderiam pagar. Sinto falta não do meu pai, não daquela vida, mas da imagem que eu tinha do meu pai e de tudo o que não vivi por causa de sua morte. Sinto falta daquele homem bem-sucedido que aparecia no jornal, que era admirado pelos funcionários porque pagava as horas extras com generosidade, que deixava gorjeta até na papelaria onde comprava nossos livros da escola. Sinto inveja de quem se dá bem na vida e quem se dá mal me conforta, porque assim não me sinto tão sozinha. Não quero que ninguém tenha pena de mim, porque não mereço. Não quero que você tenha, porque mal te conheço: não sei sua história, mas pode me contar, se quiser, que eu te escuto; na verdade eu queria sair da sua casa agora mesmo, e só não vou para a minha porque teria que pegar vários ônibus noturnos, ainda falta muito para o metrô abrir, e não tenho dinheiro para o táxi. Estou presa aqui, com você. Olha aí: outra metáfora. O restaurante do tio Chico? Continua aberto, sim. Minha mãe cuida da cozinha, e acho que minha irmã também ajuda, já faz um tempo. Meu tio deve se aposentar daqui a quinze ou vinte anos, e imagino que aí uma delas vai assumir o restaurante. Ele queria ter sido professor, ir à escola dos adultos e conquistar um diploma, mas resolveu carregar a família nas costas. Ninguém lhe pediu isso. Depois da aposentadoria, espero que o tio Chico tenha tempo para ele, que o deixem descansar. Não, nunca trocaram o nome... Continua sendo El Rincón de Carmen. O que você queria? Happy End na tela do cinema? A vida é outra coisa."

A abundância

Madri, 1984

De terça a sábado o despertador toca às cinco e meia da manhã; às segundas lhe concedem uma trégua de trinta, quarenta minutos, porque no fim de semana Teresa e ela já se esmeraram em esvaziar os cestos de papel e arejar as salas. Se o tempo está favorável — se não chove, se o frio ainda está suportável —, apesar de lhe custar uma passagem a mais, às vezes ela sai um pouco antes de casa e vai de ônibus: faz baldeação em Atocha e se distrai olhando as cidades diferentes que moram dentro da mesma cidade. Bonecas russas: mais que bairro, cidade dentro de cidade dentro de cidade, casas e ruas dentro de um ventre de baleia. María pensa no seu bairro, nos edifícios mais antigos, e pensa também nos blocos novos de três ou quatro andares, com fachadas iguais de tijolo vermelho, toldos estampados, crescendo para o céu quando o rio fica para trás e o ônibus segue para a estação de trem. Pensa nas primeiras reuniões da associação a que foi a convite de Pedro e em como os amigos dele e os outros reclamavam que o bairro precisava ficar mais decente; mais "digno", frisavam. Que paisagem nos oferecem a penitenciária, os barracos, os terrenos baldios, eles se perguntavam; então, pela primeira vez María pensou na forma como eram contadas as ruas por onde andava. Passando o Mazanares no sentido centro, os edifícios se afinam, alternam o passado e o futuro. Pensa nas suas primeiras semanas em Madri, quando descia na estação Oporto do metrô e caminhava até o apartamento dos tios, e pensa também na confusão com as linhas, na vez em que foi parar na Alfonso XIII e no tempo que levou para descobrir o trajeto de volta para casa. Agora trabalha na Nuevos Ministerios, e pega o metrô direto se o tempo não ajuda. Como a única paisagem é o rosto dos outros passageiros, ela aproveita para ler: Laura, a filha de Conchita, sempre lhe empresta muitos livros e a anima a participar dos grupos sobre assuntos que interessam a ela, a Loli e a Conchita, organizado por outras mulheres. Com minha mãe eu já tentei, conta Laura, mas não teve jeito. Com María também não: sente verdadeiro pânico de ser tomada por curiosa ou, pior ainda, que riam da sua ignorância. Como se na primeira participação alguém já pudesse detectar quem ela é, de onde vem, quanto ganha, revelando para as outras que sua opinião não vale grande coisa. Sobre a maioria dos livros que Laura lhe empresta, ela já ouviu falar no rádio ou leu alguma coisa; cada vez que Laura liga para ela anunciando que vai visitá-la no dia seguinte à tarde, María vive uma contradição. Agradece o empenho de Laura porque, em vez de ficar na biblioteca ou sair com os colegas, vai até sua casa, mas tem a sensação de que ela a usa como um rato de laboratório: María, a mãe solteira sem filha, a faxineira com inquietações, educada por Laura, a filha de Domingo e Conchita, o pedreiro e a dona de casa, a primeira da família a pisar na universidade. Não sabia se o que Laura sentia era dó ou se, ao contrário, aliviava sua consciência com ela: a cada bolsa de estudos que conseguia, a cada disciplina concluída, Laura se afastava mais e mais do bairro. As visitas talvez fossem uma tentativa de que María a ancorasse no entorno, no lugar a que pertencia e do qual escapava com remorso, ou que María a segurasse pelos tornozelos para que não saísse voando. Que historinha mais fofa.

María divide os escritórios com sua colega Teresa e arruma as salas antes de os chefes baterem o ponto, mais tarde — quando começam as máquinas de escrever, as reuniões, o noticiário de fundo — elas se ocupam das áreas comuns. Gosta de trabalhar com Teresa, porque conversam sem se meterem uma na vida da outra: às vezes ela menciona Pedro, as conversas com seu irmão Chico, procura não falar de Carmen; sabe que Teresa nasceu num povoado de Granada, que mora em Colmenar e que vai se casar pela segunda vez em fevereiro, embora deteste esse mês. María também gosta de trabalhar. Quando o metrô deixa para trás Sáinz de Baranda e Conde de Casal, escuta algumas mulheres reclamarem do cheiro do desinfetante, das mãos rachadas; María sente dor nas suas, mas também certo orgulho por fazer faxina. Com o tempo aprendeu a valorizar seu trabalho: limpar o que os outros sujam. Gosta de tirar as manchas do chão, que os vidros das janelas deixem passar mais luz. Sente-se útil e sente que faz bem sua parte. Gosta de que suas mãos tornem o trabalho possível e gosta de repetir a mesma mecânica, a mente em branco, cabine por cabine; às vezes presta atenção no modo como a espuma brota da água ou no traço levíssimo da água sanitária diluindo-se na água. Gosta de quando alguém lhe agradece, mas sabe que é invisível para a maioria. Quem é que repara no corpo de mulher que engrossa a cada ano, dois braços e duas pernas e um rosto, igualado pelo uniforme? Ela se basta para se sentir bem com aquilo que faz. Em algumas tardes livres, a empresa a chama para dobrar a jornada substituindo alguém, ou para uma demonstração num cliente novo; ela sempre aceita, porque não é fácil pagar o aluguel, e a comida, e o resto das contas, e guardar um pouco. Cada vez manda menos dinheiro para Carmen; e a mãe a recrimina por isso, porque sua pensão não é suficiente, e calcula que Chico — o cabelo escurecido, já bem mais alto que ela — ajuda no que pode, apesar de ter seus gastos. Quando não a chamam, quando não tem que ir a algum escritório para os lados de García Noblejas, mantém a rotina de sempre: encontra-se com Loli e com Conchita, ou acompanha Pedro às reuniões na associação, e quando tem vontade depois vai com eles tomar cerveja. Os amigos se acostumaram à sua presença, e Alfonso de vez em quando insiste para a mulher ir também. Até esse momento María se cala, e então — com a outra mulher — assume o papel que esperam dela: histórias da maternidade e da criação dos filhos, dicas de cozinha e de beleza. As tardes de sábado ela as reserva para si mesma e às vezes passeia pelo centro ou fica em casa lendo, sem mais. Domingo à tarde, almoça com Pedro: os dois sozinhos na casa dela, ou com a prima de María e o marido, às vezes na casa de Pedro, com a mãe e o irmão dele; esse ambiente a deprime, por isso María o evita. Depois de almoçar, eles transam, mais tarde assistem TV ou conversam um pouco — Pedro costuma retomar as discussões da reunião para que María exponha seu ponto de vista, mesmo que seja só com ele —, e pouco depois ele sai para preparar o jantar. Nunca pensaram em mudar essa rotina: María sabe que Pedro antes cuidava do pai, que morreu, depois da mãe, que sobreviveu ao marido, e por último do irmão, mais novo que ele, e sabe também que não está disposta a cuidar de nenhum deles; cada um mora em seu apartamento e procuram se encontrar pelo menos duas vezes por semana. Vários amigos os chamam de "os modernos". María madruga todos os dias, exceto alguns domingos. Tem sido assim há anos, desde que entrou na empresa de limpeza, desde que conheceu Pedro, feliz no seu apartamento com quarto, sala e varanda virada para uma rua que morre em outra rua que morre em outra rua.

Quando o telefone tocar pela primeira vez, ela vai pedir que ele não atenda; que permaneça, quieto e nu, de bruços. Não conheceu outros corpos tanto quanto o dele e o do pai de Carmen, e o de Pedro já é totalmente familiar: se Pedro por acaso sofresse um acidente de moto e pedissem para ela reconhecer seu cadáver, María saberia de cor onde fica cada pinta, cada mancha de nascença. Um círculo marrom-escuro no meio da coxa direita, três pintas no jarrete da perna esquerda. Ela observa os sinais no corpo de Pedro enquanto lhe explica: se alguém telefona para mim e eu mesma não me dou ao trabalho de atender, você também não precisa fazer isso. Chico sabe que Pedro existe, e Pedro sabe que existem Carmen, Soledad, Chico, a mãe de María, seus irmãos mais velhos; mas María acha que eles não têm por que se conhecer pelo rosto ou pela voz, nem têm que se encontrar um dia, portanto esse telefonema e a reação de Pedro abalam seus planos e suas expectativas. María não sabe, mas deduz que deve ser Chico: domingo à noite ela costuma falar com a filha, e alguns domingos seu irmão telefona um pouco antes, ao voltar do trabalho, às vezes ela prefere não atender e ligar para ele mais tarde. Chico nunca leva a mal: sempre lhe transmite animação. Ainda assim, María fica preocupada quando o telefone toca pela segunda vez — o tempo justo para desligar e ligar de novo —, e Pedro salta da cama, em vários passos atende na sala.

Na cama, quando o telefone para de tocar e enquanto Pedro ainda não diz nada, María pensa que foi muito feliz nesse fim de semana: hoje, talvez como qualquer outro domingo; ontem, certamente sim. No sábado voltou para casa na hora de sempre, preparou o almoço com calma — peixe grelhado com salada, fruta de sobremesa — e fez uma sesta breve, não mais do que vinte minutos deitada no sofá. Arrumou-se demoradamente: um bom banho, um vestido bonito — teria sido melhor reservá-lo para hoje, para que Pedro elogiasse a cor, o caimento do tecido —, a maquiagem habitual dos últimos anos, com as sobrancelhas marcadas e os lábios vermelhos. Pegou o metrô até a estação Callao e foi indo de cinema em cinema pela Gran Vía, sem encontrar nenhum filme atraente; deixou para trás a Plaza de España e caminhou até Rosales. Já tinha visto algo desse diretor, não se lembrava se em alguma sessão da associação ou se em suas visitas à casa de Chico. Nunca convidava ninguém porque sabia que não se interessavam e também não queria que soubessem que ia sozinha, para não despertar medo nem compaixão; quando lhe perguntavam, mentia. O filme não a empolgou: diante de histórias inventadas pelos outros, ela não demorava a descobrir as costuras, uma atitude incoerente, uma trama que não se desenvolve no mesmo rumo que seguiria na vida real.

— Seu irmão José María quer falar com você.

José María, ela se perguntou, procurando uma camisola ou um vestido para se cobrir, como se seu irmão a trezentos quilômetros de distância pudesse saber que estava sem roupa. Seu irmão caçula nasceu em 19 de março, e resolveram chamá-lo José por causa do santo do dia — embora também fosse o nome do irmão mais velho — e María por causa dela, que era madrinha dele.

— Ontem fui ao cinema, Chico, assisti a um filme chamado *Fanny e Alexander*, mas não gostei. Não conseguia acreditar que tudo aquilo pudesse acontecer com uma mesma pessoa. É como quando você lê um romance e todas as desgraças se concentram no protagonista para te forçar a gostar mais dele: a vida não é assim. Suponho que você tem uma cota de desgraças desde que nasce até que morre: é o justo. Que aconteça uma coisa ruim e uma coisa boa logo em seguida, para compensar. No metrô da volta, fiquei pensando em mim. Aconteceu toda aquela história da Carmen, mas agora estou contente, tranquila. O normal é que tudo continue assim, não? Também achei, acabo de pensar agora, falando com você, que aquelas pessoas precisam desse tipo de tragédia porque, do contrário, não têm nada para contar.

— Com quem você foi? Com o Pedro?

— Não, ele não foi. Fui com a Laura, a filha de uma amiga. Aquela que está na universidade.

130

— E no mais, como você está, María?

— Tudo bem, na mesma. Foi uma semana normal: o trabalho, algumas saídas. Hoje, como todos os domingos, o Pedro está aqui, de noite vou ligar para a casa da mamãe para falar com a Carmen. E você, Chico?

— Bem, também. Foi uma semana um pouco diferente. Olha, María, vou passar o telefone para alguém que quer te dizer uma coisa. Depois você me conta.

Embora guarde todas as fotografias de sua filha numa gaveta, nos últimos meses se acostumou a olhar uma muito recente que Chico fez dela numa escapada à praia: um dos seus sobrinhos mais velhos se ofereceu para levá-los de carro ao litoral. Carmen, Chico e sua mãe madrugaram, alugaram um par de espreguiçadeiras numa barraquinha em Fuengirola, os quatro passaram o dia se revezando para se sentar nelas. Chico quis fazer um agrado e reservou uma mesa: guardaram os sanduíches que Carmen tinha preparado e almoçaram peixe frito, picadinho de tomate para comer com colher e pão com azeite. Sua mãe consentiu em molhar os pés, e o primo de Carmen a ensinou a nadar, ou pelo menos tentou que se afastasse um pouco da beirada sem correr perigo. Às seis da tarde, para não pegar a estrada à noite, voltaram para casa. Soledad se arrependeu de não ter ido e se recriminou por vários dias.

María foi visitá-los, nas férias, algumas semanas depois, e Chico lhe mostrou todas as fotografias que tinha tirado. Sua mãe, com um longo vestido florido, à sombra de um quiosque de sapê; seu sobrinho mostrando a raquete quebrada, sem se importar com a imperfeição, enquanto abraça a avó ou lambe os dedos depois das sardinhas. Uma foto malfeita de Chico tirada por Carmen: seu irmão já é um homem de quase trinta anos e cruza os braços para ocultar a gordura acumulada no peito; sua filha cortou sua figura nos joelhos. Para María,

Chico é um mistério: dedica todo seu tempo livre para ir ao cinema, e agora — há um ano, um ano e pouco — à fotografia. Sua mãe o critica por ter gostos de príncipe, e ele mesmo lhe dá razão, porque gasta mais do que gostaria em ingressos e revelações. Com o tempo, María aprendeu a respeitar a felicidade dele, que ela não entende.

A maioria das fotos desse dia é de Carmen. Carmen com o primo na água, Carmen se enxugando enquanto aproveita a sombra projetada pela espreguiçadeira, Carmen reclamando com o tio, talvez por não querer mais fotos: levanta o braço esquerdo e arreganha os dentes, um gesto de recriminação que faz com a boca. Nessa foto, e nas seguintes — Carmen ajoelhada na areia, conversando com a avó, ou Carmen passeando sozinha pela praia; María prefere aquelas que Chico tirou sem avisar —, Carmen se tornou uma mulher adulta. María tem a sensação de que esse gesto, a vontade raivosa de que ninguém a observe, marca a saída da sua filha da infância sem passar pela adolescência. Volta algumas imagens: parece inclusive que o rosto de Carmen se endurece nas últimas, que os quadris se alargam e o peito se arredonda. No olhar, que nunca foi brilhante, nem sequer ingênuo, desperta agora a amargura.

Desde que lhe perguntaram pela filha, alguns anos atrás — uma noite, num bar, uma desconhecida —, e ela mentiu a idade de Carmen para não revelar a sua própria no parto, e não a descreveu porque sabia que tinha os olhos pequenos e escuros do pai, mas não sabia nada do seu rosto, nem se preferia usar o cabelo solto, María de vez em quando vai até a gaveta das fotografias — na sala, um móvel para documentos e lembranças — para olhar a que ganhou de Chico. Foi tirada já mais para o fim do dia na praia: é daquelas em que Carmen já não parece Carmen, ou não a que ela pensava conhecer, mas uma mulher que logo viverá a própria vida. Ainda está com o cabelo molhado, porque acabara de dar um mergulho, e improvisou um coque: um rabo de cavalo enrolado e preso com um elástico. Baixou as alças do biquíni para evitar as marcas de sol e, embora apareça de frente, não está olhando para a câmera, mas escutando alguém; pela sequência de imagens, e pelo que se vê nas duas anteriores, deduz que estava falando com o primo, talvez em pé atrás de Chico. Ali se veem seus olhos miúdos e pouco mais; os olhos do pai, que María seria capaz de reconhecer — por mais que não queira — em qualquer rosto com que topasse. Lá estão as sobrancelhas grossas, lá está a pele branquíssima; na fotografia não aparecem, por causa da qualidade do papel, mas a memória lhe devolve as linhas azuladas nos braços de Carmen. O nariz que nasce logo abaixo das sobrancelhas, fino no dorso e largo na ponta; tem uma estranha forma de funil invertido. Os lábios são grossos. As orelhas, grudadas à cabeça; o cabelo é castanho-claro, muito frágil, María se lembra do cuidado com que o escovava. O rosto é quadrado, a testa larga, as feições desenhadas com traço firme. Mede um metro e sessenta e pouco, não é gorda nem magra, os seios cresceram bastante no último ano. María repete essa descrição em voz alta, a cada dois ou três dias, para não se esquecer de nada. Sobre como Carmen é por dentro, ela sabe menos ainda: as duas mal chegam a conversar por cinco minutos todo domingo à noite, e quando María visita a família, faz questão de planejar algum programa para elas saírem juntas, mas Carmen sempre o cancela porque está com dor de cabeça ou porque prefere ficar em casa. Chico lamenta sua falta de senso de humor, mas conta que, em compensação, é bem madura para a idade. No verão largou o colégio porque não gostava de estudar, e em setembro começou a trabalhar nas lojas de departamento do centro; agora, ao voltar, passa pelo restaurante onde Chico trabalha, faz hora bebendo um copo de água, os dois voltam juntos, ela para casa, ele para seu apartamento, e algumas noites ela vai também para o apartamento do tio. María preferiria que ela guardasse o salário, na esperança de que um dia resolva retomar os estudos, ou que decida montar um negócio próprio, sem patrão para mandar nela.

Hoje é segunda-feira. Esta noite, María mal conseguiu fechar os olhos, que dirá dormir. Pedro foi até a casa dele para ver se estava tudo bem, porque não confiava no que a mãe lhe contava por telefone, e depois de jantar voltou à casa de María para lhe fazer companhia. Ficou com ela até depois da meia-noite. Não dormiu na casa dela — ele nunca fazia isso; María nunca acordou de manhã ao lado de um homem —, mas permaneceu em silêncio ao seu lado, primeiro no sofá, segurando sua mão, depois deitado na cama, tentando fazer com que ela descansasse. Um soluço prenunciava o choro: María, que não chorou quando morreu Irene, que não chorou quando seu pai morreu, não parava de soluçar. Agora o telefonema de Pedro se antecipou alguns minutos ao despertador. Não dormi, cumprimentou ela, nem eu, cumprimentou ele. Como você está, María? Não muito bem, mas vai passar; tudo passa. Daqui a pouco vou trabalhar. Eu também. Te ligo assim que chegar em casa. Vou ficar aqui. Não precisa vir. Eu convidei a filha da Conchita para tomar um café e devolver uns livros que ela me emprestou. Vai me fazer bem encontrar alguém que não saiba o que aconteceu. Um beijo. Outro. Embora o sol de outubro continue benévolo e María tenha se arrumado tão rápido — o mesmo uniforme de segunda a sábado, as calças azuis e a camisa branca larga, tênis para aguentar em pé — que pode se dar ao luxo de esperar o farol abrir, fazer a baldeação com calma; apesar disso tudo, hoje ela precisa deixar a mente em branco, dedicar-se a alguma atividade que seja puramente rotineira e não exija sua atenção. Pega o metrô, não consegue ler, ouve a conversa de quem também madrugou: resumo do fim de semana, o almoço de domingo com a família, os problemas dos filhos na escola. Cede o lugar a uma grávida e aproveita para ir para a outra ponta do vagão: repetem-se os diálogos entre colegas da firma, vizinhos, pessoas que se encontram manhã após manhã após manhã. Ela acha curiosa essa paisagem viva, tão diferente da paisagem que teria percorrido se fosse de ônibus: dos edifícios úteis aos edifícios bonitos, alguns monumentos, a mudança para os arranha-céus, como numa viagem de ida e volta e ida no tempo. Reconhece alguns rostos, claro: uma mulher que mora na mesma quadra que ela e que costuma encontrar no açougue, um homem muito parecido com um dos que frequentava a associação nos primeiros anos, talvez seja ele, ou um irmão; os traços são iguais, mas ele não a reconhece ou finge não conhecê-la. Aprendeu a respeitar o desejo alheio de silêncio. Talvez seja o caso do homem; sem dúvida, é seu próprio caso.

Chega aos escritórios antes de Teresa: ao sair do metrô, calcula que levará uns quinze, vinte minutos; nos relógios do saguão, descobre que um pouco mais. Resolve começar sozinha e, se terminar antes de ela chegar, vai adiantar parte do trabalho de Teresa. Espana a pouca poeira acumulada em dois dias entre os arquivos; esfrega com água e sabão o círculo de café deixado por uma xícara. Observa as mesas, algumas com um retrato de família emoldurado, a maioria idêntica: máquinas de escrever — numa das firmas são elétricas, e María toma muito cuidado ao passar o pano nelas, para não danificá-las —, papéis e canetas, pastas, cinzeiros. Abre algumas janelas e agradece o vento fresco; aspira o cheiro de limão do limpador de pisos, completa o que não deu tempo de fazer no sábado. Quando termina sua parte, sem que Teresa tenha chegado ainda, María guarda o carrinho de limpeza e se fecha para chorar no depósito. Costuma chorar pouco, quase nada. Não chorou quando deixou Carmen com os pais e se mudou para Madri; também não chorou quando a mandaram embora de um emprego. Ontem à noite chorou com timidez diante de Pedro, arrependida de se mostrar vulnerável, e quando ele foi embora, desatou o pranto, pensando que assim se esgotaria e dormiria um pouco. Não conseguiu.

Ela já se acalmou quando Teresa chega. Está com os olhos vermelhos, não consegue disfarçar com maquiagem as olheiras pela falta de sono. Teresa pergunta se está tudo bem, se teve algum problema, María se oferece para acompanhá-la sala por sala, até que chegam os funcionários e elas têm que passar para as áreas comuns, para não atrapalhar. Teresa cantarola, evita o silêncio; improvisa histórias pulando de época em época para distraí-la. Faz algumas semanas, passeando pelo centro da cidade, o vento de uma grade do metrô levantou sua saia e mostrou sua calcinha; teve que pedir um chá de tília para se acalmar. María agradece o apoio de Teresa, força um sorriso para a colega relaxar. Enquanto limpam corredores e halls, com o ruído de fundo do rádio, as duas se calam e de vez em quando uma delas comenta as manchetes, a outra concorda. Quando o expediente acaba, se despedem. Enquanto está guardando seu carrinho no depósito, María sente a mão de Teresa nas costas.

— Não precisa me dizer o que aconteceu; não quero que você me diga nada. Mas pode contar comigo.

María entende o que ouve como uma frase feita, não como um oferecimento sincero. De Teresa pouco sabe, e ela mal conhece María. Que sentido teria compartilhar com ela o telefonema de ontem, descrever o que escutou e o que sentiu? Como Teresa poderia ter empatia por ela, se nada sabe sobre os demais personagens da sua história? Nunca, que ela se lembre, falou de Carmen. Teria que remontar ao início, quando María acabava de completar dezesseis anos e Soledad e ela costuravam para uma loja de reformas de roupa: de manhã até a noite, linha e agulha e precisão, nada de máquinas. Um dia Chico acordou com uma febre altíssima, e sua mãe teve

medo de que ele piorasse se fizesse o trajeto de entrega e re-
tirada da costura, por isso coube a María caminhar até a avenida e pegar o ônibus para o centro, para cumprir com a tarefa
e não perder o dinheiro do dia. Seu mundo se limitava a uma
única rua: havia uma fronteira invisível a duas ou três quadras
de sua casa, que ela só ultrapassara para ir à escola — que havia abandonado fazia alguns anos — e que agora cruzava apenas de braço dado com a mãe. Mas no ônibus sentou-se ao seu
lado um homem cujos olhos escuros, muito pequenos, des-
pertaram sua curiosidade. Ela respondeu às suas perguntas:
meu nome é María, tenho dezesseis anos, sim, moro nessa
rua, no número 15, com meus pais e dois irmãos mais novos,
os mais velhos se casaram e vivem por conta própria. Nos dias
seguintes, enquanto Chico se recuperava e ela o substituía naquele vai e vem, o homem habituou-se a se sentar ao seu lado
e insistir: até que eu gosto de costurar, isso me distrai, mas
não quero passar a vida inteira assim, talvez daqui um tempo
eu tente trabalhar em outra coisa, não pensei em continuar
estudando porque não achava que isso fosse possível, o dinheiro faz falta em casa, e quem vai bem na escola é meu irmão caçula. María se encontrou com o homem do ônibus algum tempo depois que Chico melhorou, numa manhã em que
saiu com os irmãos para tomar sol na praça. O homem a con-
vidou várias vezes para ir à casa dele, e María não se recusou.
Já fazia frio na última vez. Chico gostava de encostar a mão na
barriga dela, nos últimos meses, e sentir o bebê se mexendo.
Quando Carmen nasceu, o pai deles explicou que seu irmão
que morava em Madri tinha arranjado um trabalho para ela.
María também não disse que não. Nas primeiras visitas à família, comentou que queria ganhar um pouco mais, morar sozinha, levar Carmen com ela. No início, Chico a convenceu a
não falar disso com os pais; depois de alguns anos, ela se atreveu a expor seu plano, mas a mãe não lhe permitiu realizá-lo.

O que ela significava para Carmen? Uma mulher que aparecia duas ou três vezes por ano, ausente em suas doenças e em suas alegrias, ausente de todas as lembranças que teria quando crescesse. E o que Carmen significava para ela? Sua mãe cuidava dela o dia inteiro. Em Madri, quem ficaria com Carmen quando María fosse trabalhar? Como encaixaria primeiro um bebê, depois uma menina, por fim uma adolescente, em sua rotina? María insistia de vez em quando, no Natal, na visita do verão; perguntava quanto dinheiro — quanto dinheiro mais — precisaria para que sua filha morasse com ela. Calculou, economizou. A última vez — já com o dinheiro suficiente para sustentar as duas —, sua mãe respondeu que Carmen preferia ficar lá, com eles. Se contasse tudo isso a Teresa, ela entenderia por que estava chorando? Não queria mencionar o telefonema: conhece bem a história que Carmen lhe contou, ela mesma a viveu, apenas um pouco mais velha que a filha. Não é isso que a preocupa, pois tem certeza de que a filha arcará com as consequências assim como ela, e vestirá um vestido emprestado no casamento, escondendo as fotos daquele dia numa gaveta para que ninguém veja sua barriga. O que a preocupava era o tom, o final; o modo como se despediu. Teria que dizer, por exemplo:

— Ela me chamou de "María", Tere. Não de "mãe" nem de "mamãe": me chamou pelo nome. Disse que eu nem pensasse em aparecer, porque seria um dia importante para ela e não faria o menor sentido eu fingir um interesse que nunca tive por sua vida.

Para María, no entanto, é complicado dizer isso tudo, de repente, sem nunca ter trocado com Teresa mais que comentários superficiais, sem terem nenhum espaço para as confidências; contar sua história a obrigaria a se estender naquele vínculo, a expor como se dá sua relação com Carmen, a questão do casamento, do parto. Será que ela vai ficar sabendo?

Carmen vai ligar para contar? Ou será Chico? Espera de todo coração que Carmen tenha um menino.

María sorri para Teresa, a abraça e responde obrigada, muito obrigada. Encaixa seu carrinho de limpeza no depósito e se apressa para pegar o elevador um pouco antes da colega e fazer sozinha o caminho de saída do edifício. Fará um grande esforço para não pensar enquanto volta para casa, mas pensará durante todo o trajeto: na conversa com Carmen, nas desculpas de Chico por não ter suspeitado de nada, na falta de jeito com que Pedro tentou consolá-la. No metrô, uma mulher conta a outra que sua filha está grávida, que será avó daqui a cinco meses. Pois eu não, María sente o impulso de dizer, e só não o faz por medo de ser tachada de louca: você não sabe o que me aconteceu hoje no metrô. Calar-se e fingir normalidade é a melhor forma de esquecer. Em casa almoça, espera a visita de Laura, conversam passando de um assunto a outro. A certa altura, María lhe pede:

— Você poderia me indicar um romance? Ou um livro de contos. Com esses mesmos assuntos que estamos lendo?

Quero me consolar com histórias piores que a minha.

No fundo se trata de dinheiro: da falta de dinheiro. Cada uma das situações que trouxeram María até aqui — aqui significa um quarto e sala em Carabanchel, pegar o metrô até Nuevos Ministerios — teria se desenvolvido de forma muito diferente com dinheiro. Ela, Soledad e Chico abandonaram a escola porque a família precisava de dinheiro; por dinheiro ela substituiu o irmão uma manhã em que ele adoeceu, para não perder o pagamento por aquele dia de trabalho. Se seus pais tivessem dinheiro — saúde para ganhá-lo, dinheiro para pagar a saúde —, ela teria conhecido aquele homem naquele ônibus? Os dois passeavam pelas mesmas ruas: teriam se encontrado na mercearia; quando muito, um domingo no bar do seu irmão. Mas com dinheiro, sem falta de dinheiro, naquela hora María estaria a caminho do colégio vindo de uma casa grande com um quarto só para ela. Por causa do dinheiro teve que sair de casa antes do tempo, recriar no filho de outra o cheiro de sua filha. O apartamento onde mora é o apartamento que pode pagar, não o apartamento onde gostaria de morar, e o emprego que ela tem é o emprego a que pode aspirar sendo quem é, tendo o dinheiro que teve. O que ela deixou de viver, deixou de viver por causa do dinheiro — por causa da falta dele. As viagens que não fez, os vestidos que preferiu não comprar, os almoços que preparou em casa para Pedro e para ela, para economizar um pouco. O dinheiro que enviava para a mãe não bastou para contentar Carmen; talvez a menina achasse que era pouco, talvez não percebesse — algum dia — que sua ausência se devia justamente a isso: ao dinheiro. Mas também se trata disso: ser mulher. Quando o homem do ônibus a abordou, ela respondeu às suas perguntas porque achou que seria falta de educação ficar calada. Ela viveu a gravidez em casa, escondida, costurando no quintal para avistar um pedaço de céu. O que ele fez, enquanto isso? Mudou de vida: sua família, seu trabalho, começando do zero em outro bairro. Ela teve que correr até a porta de casa em noites muito escuras, quando nem era muito tarde; durante anos se calou nas reuniões e ouviu seus próprios argumentos e suas ideias da boca de Pedro.

María pensa em coisas que podem ser compradas: em coisas que ela pode comprar sem que ninguém questione que uma mulher pague por elas. O vale-transporte para ir de casa para o trabalho e do trabalho para casa. Um sofá confortável. A máquina de lavar roupa. A geladeira. A comida: a comida que ela compra, e de certo modo também a que deixa de comprar, por causa do preço. As cervejas que ela toma depois das reuniões, quando não é Pedro ou qualquer outro amigo que paga. O desconforto quando alguém anuncia que vai pagar a rodada, porque significa que logo ela terá que arcar com uma rodada mais. Um buquê de flores para ela, faz alguns dias. As plantas também: crescem com água e sol, mas ela as comprou, as sementes, os vasos de barro que ela gostaria de pintar um dia; com tempo e dinheiro. Com dinheiro, ela pode pagar tudo isso: com dinheiro, pode conseguir tudo. Com dinheiro, todo mês ela paga pelo apartamento onde mora sozinha e onde Pedro às vezes a visita; sem dinheiro, teria que viver com ele, na casa dos seus pais, cuidando da mãe e do irmão dele, amarrada pelo salário que achariam que ela merece e por um afeto forçado. María dividiu o dinheiro desde que começou a ganhá--lo. Entregava para a mãe tudo o que lhe pagavam na oficina de costura. Também o salário na primeira casa: um pouco para os tios, pelo quarto da prima, e o resto novamente para a mãe, para Carmen, os mesmos olhos escuros do homem do ônibus; María guardava um pouco para ela, para ir e vir, para um dia comprar alguma coisa. Qualquer coisa, não importava o quê: alguma coisa que lhe permitisse reivindicar o possessivo, minha saia, meus brincos. Quando ganhou um pouco mais, decidiu procurar um apartamento para ela, pequeno, uma quitinete na mesma rua onde mora agora, aproveitando que alguns estremenhos e andaluzes voltavam para o interior: seu chefe, ao comprovar que ela é uma pessoa séria e decente, até ajudou, mas é o dinheiro dela que paga o aluguel; o dinheiro também comprova nossa seriedade e nossa decência. María continuou mandando dinheiro para casa, conseguiu não um trabalho melhor, mas outro emprego onde ganhava um pouco mais, alugou um apartamento maior: quarto e sala, cozinha e banheiro. Gostaria de comprar aos poucos o teto sob o qual vai morrer, mas tem que economizar para a entrada; se conseguir, demorará o dobro que os outros, porque ela pagará as prestações sozinha. Acha que isso também tem a ver com o dinheiro. Existe algo que não possa ser comprado? Talvez ela devesse ter guardado mais dinheiro para Carmen. Talvez devesse ter lhe dado presentes mais vistosos: não a boneca que ela podia pagar, mas a boneca com que brincavam todas as meninas da escola. Quando María soube que Carmen parou de estudar, talvez pudesse ter lhe oferecido alguma coisa em troca, pensa: que ela fosse à universidade, que morassem juntas. Tem certeza de que a filha de Conchita teria ajudado. O que Carmen gostaria de ser? No que ela era boa? María não sabia. O que sua filha pensa sobre dinheiro?

A beleza

Madri, 2015

O alarme do celular toca. Alicia acorda. Se ela desse a mínima importância à beleza, ao pensar nisso — ao pensar que o alarme do celular toca e que ela acorda — ouviria os alarmes em seu apartamento, no apartamento de cima, no bloco vizinho: desconhecidos que só se cruzam ao tirar o lixo, esfregando os olhos com os punhos fechados porque na mesa de cabeceira está tocando o mesmo alarme do mesmo modelo de telefone. Uma música vem se juntar em seguida, apenas um segundo depois, porque seu relógio está fora de sincronia; outra se adianta, descompassando o sobressalto. Alicia não tem tempo para se emocionar com coincidências nem com baboseiras, portanto o alarme do celular toca, e ela acorda.

Dependendo do turno da semana, Alicia espera que Nando saia para o trabalho ou se adianta a ele. De manhã não tem vontade de conversar; portanto, aconteça o que acontecer, ele procura não incomodá-la; às vezes ela o observa quando sai na ponta dos pés para ir ao banheiro, tentando não fazer barulho. Quando Alicia trabalha à tarde, de manhã limpa a casa e faz as compras, às vezes passeia pelo bairro ou assiste a um filme. Quando trabalha até o meio-dia, ao contrário, toma o primeiro metrô, baldeia na Gran Vía para a linha azul, e corre até a lojinha para que os viajantes possam comprar balinhas e miniaturas da Puerta de Alcalá; fará o caminho de volta, almoçará sem pressa, fará faxina e compras e passeio etc. para matar o tempo até Nando chegar. Alicia não gosta do seu trabalho, mas o que faz a distrai: permite-lhe observar os outros. Se ela desse a mínima importância à beleza, também poderia alegar certa curiosidade, como se nela vivesse uma antropóloga: a mágica diversidade do gênero humano, diferentes rostos e posturas, homens e mulheres e novos e velhos e ricos e pobres — não, pobres não: os pobres andam de ônibus — igualados ao baixar as calças, ao levantar a saia, zíper abaixo, botão desabotoado, homens e mulheres e novos e velhos e ricos e trabalhadores com um salário que lhes permite pagar suas contas e escapar nos feriados e fins de semana, iguais ao mijar na estação de Atocha. No início, Alicia lamentou que o acesso aos banheiros da estação fosse pago, porque, do contrário, poderia espiar do balcão o movimento de entrada e saída: seria divertido adivinhar quem em casa escondia seus verdadeiros desejos; quem procurava sexo rápido; quem queria cobrar ou pagar. Quando sua substituta chegasse, Alicia retardaria a volta para casa, se infiltraria no banheiro dos homens e esperaria numa das cabines para ouvir um pedido, um gemido, um corpo se chocando com o outro; algo que justifique a demora em fingir pressa até as catracas e embarcar na linha azul, baldear na Gran Vía, embarcar na linha verde, procurar as chaves de casa na bolsa, jogá-la perto da porta de entrada, até o dia seguinte.

Mas não: então pode ser que Alicia desse alguma importância à beleza. As pessoas que agora usam os banheiros da estação lhe parecem medíocres. De vez em quando, se não está respondendo às dúvidas de algum cliente, observa por inércia quem entra e quem sai do banheiro dos homens. Acostumou-se a diferenciar os turistas dispostos a pagar sessenta centavos para que a cada cinco minutos alguém limpe os pingos na borda da privada, encha o dispenser de sabão, verifique se não entrou algum mendigo que tenha juntado sessenta centavos de euro para estragar a decoração minimalista. Caminham rápido e com passo firme, a forma de uma das mãos habituada à alça da mala — a mala rígida e minúscula, apenas duas mudas para dois dias —, a outra mão no telefone celular. Teclam, teclam, teclam. Será que o alarme toca ao mesmo tempo no apartamento em que vivem, no apartamento de cima, nos apartamentos do bloco vizinho? Será que as paredes de suas casas são finas? Outros espiam dentro da lojinha, perguntam timidamente por algum sanitário grátis; perguntam assim mesmo: sanitário grátis. Não querem ou não podem pagar para entrar: arrastam malas imensas, de lona gasta, com bolso para casaco e várias malhas; às vezes carregam uma imensa sacola de plástico xadrez, comprada num bazar, e perguntam assim mesmo, sanitário grátis. Alicia responde que não e que ali — aponta — cobram sessenta centavos, mas está sempre limpo. Se ela desse alguma importância à beleza, então pensaria que a beleza a que ela dá importância, em todo caso, é justamente a oposta: suja, molambenta. Mas se detém ao dizer que está sempre limpo e olha para eles em silêncio, caso queiram comprar um chocolate para a viagem.

O alarme do celular toca. Alicia acorda. Pouco depois de sonhar, como em cada noite de todas as noites de sua vida, com o pai se enforcando numa árvore.

Então chega uma hora em que Alicia finge pressa, um passo atrás do outro até as catracas, e embarca na linha azul, baldeia na Gran Vía, pega a linha verde, procura as chaves de casa na bolsa — na bolsa, as chaves, a carteira, um absorvente grande, caso a menstruação desça antes, o carregador do celular, um pacote de lenços de papel, uma maçã quase podre —, joga a bolsa perto da porta de entrada até o dia seguinte. Volta para casa ao meio-dia, se trabalhou de manhã; volta para casa à noite, se trabalhou à tarde. Ela prefere esse turno, o segundo, porque não precisa madrugar e tem mais chances de não topar com nenhum conhecido: à noite, com Nando, mesmo nos dias de futebol na TV. Mas às vezes ela cede, porque uma colega pede — sempre uma mulher: é infalível —, faz o favor porque assim a outra pode levar o filho à creche ou à escola ou ao colégio ou à universidade, limpar sua bunda e sacudir o farelo das bolachas do café da manhã, não se preocupe porque o pai ou a avó ou o avô ou a tia podem ir buscá-lo à tarde, enquanto eu estiver trabalhando. Quando Alicia cede seu turno favorito, se sente uma super-heroína, assim como quem no sanitário dos sessenta centavos se esforça em apontar o jato de urina bem no meio para não espirrar fora da privada, um pouco de solidariedade entre os membros da classe operária: o pessoal é político.

Se Alicia trabalhou de manhã, não tem como evitar o programa noturno com Nando. Onde a gente se encontra?, pergunta por WhatsApp, como se já não estivessem morando juntos desde três semanas depois da segunda noite em que foram para a cama; ele usa essa expressão mesmo, "ir para a cama", porque acha que soa mais delicado. Alicia precisa tapar o nariz, porque não suporta o mau cheiro dos eufemismos de Nando, mas ele só tenta não ofendê-la, e ela de certo modo acha graça nesse esforço desajeitado de ocultar a ignorância. Ainda estranha um pouco encontrar com ele no ponto de ônibus, caminhar a seu lado pela rua de Alcalá — Nando nunca diz que caminham à beira da rodovia A-2, e ela faz questão de frisar —, reconhecer o cheiro da merda dele de manhã. Logo vão completar sete anos juntos. Quando Alicia folga à tarde, às oito vai esperar o ônibus do outro lado da rotatória, e os dois caminham alguns minutos até chegar em casa. Às vezes ele troca de roupa sem tomar banho, às vezes — principalmente no inverno — diz que está com preguiça de sair de novo. Tomam uma ou duas cervejas, beliscam umas frutas secas, e dali a pouco Javito e Isabel já estão fazendo seu pedido no balcão, mais tarde Salva e Natalia, por último Edu e Rocío, porque trabalham no outro extremo de Madri, mas, mesmo assim, preferem não sair do bairro. Alicia acha fascinante o modo como um casal se transforma num elemento indivisível, a maneira como o nome perde valor por si mesmo e só passa a ter sentido combinado com o outro: a vida cotidiana entendida como uma ciência matemática. Javito e Isabel, Salva e Natalia, Edu e Rocío, Nando e Alicia: eles encabeçam a fórmula, com apelidos no diminutivo para conferir um ar de intimidade — garotos do bairro, conhecidos de toda a vida; a conjunção copulativa — piscadinha — une eles a elas; e elas fecham com o nome completo, I-sa-bel, Na-ta-lia, Ro-cí-o, A-li-cia, nunca Isa ou Nati ou Roci ou Ali, porque as mulheres devem ser respeitadas. Para além da fusão como conceito, a unificação também ocorre no plano físico: Alicia não sabe se Edu e Rocío falavam tão parecido antes de se conhecerem, ou se os dois se contaminaram mutuamente, mas ela muitas vezes se distrai reparando na gesticulação frenética com que enfatizam qualquer comentário, e que em alguns reflexos claros do cabelo de Javito é possível reconhecer as mechas loiras de Isabel, Salva e Natalia engordando ao mesmo tempo. Alicia se pergunta se seu nariz se encurvou como o de Nando, se sua barriga inchou como numa gravidez temporã.

Eles não chamam a atenção. No bar se encontram, noite após noite, vários grupos como o deles, intercambiáveis: três ou quatro casais, sempre um dos membros ligado a um dos membros dos outros casais por uma amizade que vem desde os tempos da escola, sempre outro dos membros agregado por obra e arte do amor. Os latinos se reúnem nos bares onde servem frango frito, e dos chineses não se vê nem sombra. Nando e Alicia vivem na rua de trás, a cinco minutos de caminhada. Nos dias de semana, a clientela beira os trinta e tantos, trinta e muitos, quarenta e poucos; os mais jovens se encontram na praça ou no bilhar, e os mais velhos no botequim — bastantes cadeiras, toalhas de papel — que aguarda os jovens logo mais. A simetria começou a ser rompida por Salva e Natalia há três anos, quando ela ficou grávida de Martina, e por Javito e Isabel, poucos meses depois, quando nasceu Javierín. Em casa, sem que ninguém os ouça, Nando chama o bebê de Javierón, espantado de que tamanha criança caiba no canguru, com seus montes de dobrinhas nas coxas e nos braços; uma noite — cervejas além da conta — Nando se perguntou em voz alta se, quando Javierón se casasse, Isabel o levaria ao altar daquele jeito, num canguru gigante, e Alicia primeiro abriu a boca com sincero espanto, depois deixou escapar uma gargalhada, e mais outra, e riu por minutos a fio. Para sua tranquilidade, a cena tinha acontecido em casa, e não no bar — sabe que a piada teria magoado Javito e Isabel, e que Nando não gosta desse tipo de situação; Alicia seria obrigada a suportar suas lamúrias —, e para sua surpresa, Nando demonstrava ter um pingo de humor e outro pingo de maldade. Talvez por isso, embora fosse terça-feira, transaram antes de dormir.

Alicia sabe que Natalia prefere não ter mais filhos, porque ela mesma lhe contou enquanto trocava as fraldas de Martina — que dorme no carrinho, quase não chora e costuma contemplá-los com indiferença: dá tão pouco trabalho que não quer correr o risco de ter um bebê que lhes complique a vida —, e sabe que, ao contrário, Isabel está querendo mais um, mas que Javito resiste, porque alguns meses atrás vários colegas da firma foram demitidos e ninguém garante que até o final do ano não chegue sua vez. Em seus rolés — como chamam seus encontros no bar —, falam de colegas de trabalho com características que ridicularizam sem esforço, da corrupção e do campeonato, mas ninguém toca no assunto maternidade. Edu e Rocío vêm tentando há anos, sem conseguir: Edu se recusa a fazer os exames de fertilidade, como ele mesmo contou a Nando e este a Alicia, e Rocío fez os dela às escondidas, e deu que precisaria fazer um tratamento para estimular a ovulação, como ela mesma contou a Alicia, e esta a Nando. Alicia contou a Nando, acrescentando que o problema não era o Edu, mas era do Edu. Nando respondeu que preferia não se meter na vida alheia e que eles ainda tinham tempo. Ele tem tempo, mas ela nem tanto, respondeu Alicia, e Nando se levantou do sofá para ir ao banheiro, e em vez de voltar para a sala, foi direto para a cama. Para eles ninguém pergunta nada a respeito: ninguém pergunta para ela, melhor dizendo — dela já sabem tudo o que precisam saber: Alicia, trinta anos, seu pai se suicidou, não fala com a mãe, nem com a irmã, telefona para o tio de quando em vez só para saber se não morreu —, e imagina que, quando perguntam a Nando, ele repete os argumentos que ela tantas vezes alegou. Alicia acha graça, porque nem sequer são seus: ela os ouviu no metrô, na fila do caixa da Primark, e os adaptou às suas circunstâncias. No fim das contas, é nisso que consiste o nosso tempo: em imitar as ações dos outros, repetir os gestos dos outros, adaptá-los para sobreviver.

Nando se preocupa com o assunto. Logo vai fazer quarenta anos — quer organizar um festão, um festão, insiste, para horror de Alicia —, e não gostaria de ter sessenta quando seu filho entrar na universidade. Se Alicia já acha ridículo parir um filho, criar um filho, chega a ser grotesco pensar em seu filho — seu filho! — na universidade: Fernandito, presidente do país, Prêmio Nobel de Matemática, descobridor da vacina contra o câncer, filho de Nando e Alicia, criado num bar de Canillejas enquanto dormia no carrinho que herdou de Martina. Depois de dois ou três anos de convivência, Nando reservou uma mesa numa churrascaria e pediu Alicia em casamento. Ela se levantou e foi ao banheiro: respondeu que ele não devia comer tanto no jantar e nem exagerar na carne, e voltaram para casa sem sobremesa. No dia seguinte, perguntou se não estavam bem assim, um dia depois do outro; disse que não precisava de papel — leu isso numa revista no cabeleireiro — para sentir seu amor e seu compromisso. Alicia pensou na ex-namorada que Nando tinha mencionado na primeira noite, e na segunda, e em todas as outras até os seis meses de relação, quando pareceu entender que ela não sairia correndo; ele explicou que tinha pensado no casamento também para que ela herdasse o apartamento caso lhe acontecesse alguma coisa. Alicia pensou por várias noites — os pesadelos se tornaram mais cruéis: num deles, seu pai abandonava o carro mutilado, sem um dos braços, sangue jorrando da carne cortada — e respondeu que sim, mas que fosse só no civil e bem discreto, sem primos do interior nem amigos da sogra. Assinaram no cartório, a mãe de Nando ofereceu o almoço num bar do bairro, não mais do que trinta pessoas. Embora Alicia já tivesse falado com seu tio Chico sobre Nando, preferiu não avisá-lo.

A lista de argumentos de Alicia: lá vai. O que faz uma família não é o sangue, mas a própria vida. Não tenho certeza de querer pôr mais um inocente neste mundo cruel. Não estou convencida de estar à altura de criar uma criança. Você tem um trabalho mais ou menos estável, mas eu não tenho durado muito tempo no mesmo emprego, e com o que ganhamos seria difícil sustentar mais uma pessoa. Estamos muito bem para romper nossa estabilidade com alguém que só vai nos trazer problemas durante os próximos vinte ou trinta anos. Você vai trocar as fraldas dele? Vai lhe dar a mamadeira? Vai acordar quando ele abrir o berreiro no meio da noite? Vai ajudá-lo com as tarefas e as provas? E se seu filho for prepotente, hipócrita, mentiroso? E se ele gostar de torturar os outros? Os psicopatas que entram na escola com um rifle e atiram nos jogadores de basquete, nas animadoras de torcida e nos bons professores também têm pai e mãe, são reais, embora apareçam na televisão. O desgraçado que perseguia seu irmão nos corredores do colégio, Nando, e que ameaçava cortar o pinto dele e enfiar no cu ou na boca, também tem pai e mãe. Pode ser que privemos o mundo de um novo Einstein ou de uma nova Frida Kahlo — acabava de ser mencionada num documentário do History Channel: permitiu-lhe dar um toque bem inclusivo —, mas talvez o livremos de um Hitler ou de um Pol Pot. Quando Alicia recitava todas as desculpas de cor e salteado, como naquelas provas da adolescência em que aprendia a lição em vez de entendê-la e precisava despejar toda a informação de uma vez, porque se perdia uma palavra perdia o fio da meada, ela mordia os lábios entre uma frase e outra para não cair na risada. Para Nando os argumentos bastavam, no entanto; por vários meses relaxava, não voltava a insistir, obrigava Alicia a se aninhar no seu peito, sussurrando: vem cá, mãe do Stálin.

Na primeira noite, até que não se saiu mal; foi correto, e só, esforçado, assim como tantos outros. Aguentou o monólogo de Alicia sem interrompê-la — era a primeira pessoa a quem ela contou que sonhava toda noite com o pai morto — e suportou o final, quando disse que só ficava com ele porque não tinha dinheiro para o táxi; quando parou de falar, ela pensou que tinha exagerado. Ele lhe ofereceu vinte euros emprestados, embora pegasse muito mal oferecer dinheiro depois de os dois terem se deitado — bingo: será que "deitar-se" era a senha do seu e-mail? —, e ela não aceitou, virou para o outro lado e dormiu. Poucas horas depois, acordou com a luz do dia, porque ele tinha esquecido de baixar a persiana, e saiu da cama com cuidado para que ele não percebesse, vestiu-se em silêncio, fechou a porta. Bastou a caminhada até o metrô para ela esquecer a fotografia com os colegas do clube de ciclismo — Nando a exibiu com orgulho quando Alicia pediu, assim que fechou a porta de casa: as bicicletas na primeira fileira, os participantes situados em mais duas fileiras conforme a altura, com o uniforme preto e verde-limão, os capacetes e as luvas —, ao lado do porta-retrato de madeira com a imagem de uma garota muito magra, o cabelo tingido de loiro, muito comprido, preso num rabo de cavalo alto, umas argolinhas de ouro: devia estar com um blusão de moletom azul-claro, do qual se via a gola, e posava num mirante, com uma grande montanha ao fundo. Os garis recolhiam as garrafas de cerveja espatifadas no chão da noite anterior. Alicia calculou que, da porta da casa de Nando até a porta da sua, levava uma hora e catorze minutos. Já em casa tomou banho, esquentou um copo de leite e se enfiou na cama. Não pensou mais nele. Duas semanas depois, conheceu outro, dali a um mês mais um etc.

Exatamente um ano mais tarde, sua colega de trabalho — aquela mesma colega de trabalho — convidou-a para a festa de aniversário. Alicia achou que não seria má ideia beber e rir um pouco: seu contrato acabava em dez dias, e já tinham avisado que não pensavam em renová-lo. O chefe pediu que ela fosse ao escritório para lhe dizer isso, e enquanto ele desfiava suas desculpas, Alicia calculava quanto tempo aguentaria sem salário: vivemos o pior momento da crise, fui incapaz de poupar, são ordens de cima, só me resta um seguro-desemprego baixíssimo e por poucos meses, você foi escolhida porque seu contrato está para acabar, a esta altura não vou ligar para o tio Chico para pedir ajuda. Alicia pensou que teria que deixar o apartamento onde morava, porque não conseguiria pagar o aluguel; teria que voltar a dividir a casa com alguém, suportar ser julgada por uma estranha em troca de usar seus talheres e sentar no seu sofá, limpar a sujeira dos outros — lembrou-se da pilha de pratos sujos amontoados no apartamento de Aluche, uma plantinha brotando no meio da louça —, trancar-se no quarto para garantir a mínima privacidade. A garçonete do bingo lhe contou que tentaram violentá-la duas noites depois de chegar a um apartamento novo, não teve tempo nem de abrir as duas caixas com seus pertences, e da recepcionista uma colega de apartamento roubava o que podia, dinheiro, DVDs, cremes hidratantes abertos e até um álbum com fotos da infância.

Alicia não contava com a lógica: muitos dos rostos do aniversário anterior iriam se repetir agora. Só se deu conta disso ao abrir a porta do bar e vê-lo de costas. Durante todo esse tempo nunca tinha se lembrado dele — somente da epifania do sol batendo nas garrafas de cerveja, na boca do metrô —, mas lá estavam suas pernas compridas, seus olhos saltados, pagando sua cerveja no balcão. Ela procurou as colegas de trabalho, Paola reclamou da demora, tinham calculado que morava a uma hora e dez minutos, entregaram a Rocío o presente que compraram juntas. Quando Alicia estava pensando numa desculpa para ir embora antes que ele a visse — a menstruação desceu e estou acabada, o lance do emprego me deixou meio para baixo —, notou uma mão em sua nuca. Sem cumprimentá-la a repreendeu por ter ido embora sem se despedir, e ela respondeu que tinha ficado tão impressionada que não queria estragar tudo. Perguntou o nome dele, porque tinha esquecido. Nando, meu nome é Nando, disse, e Alicia notou que carregava duas garrafinhas, uma em cada mão. Estendeu uma para ela, ainda com o vidro coberto de gelo, Alicia agradeceu, ele se virou e a deixou voltar para junto de Paola. O dono do bar — um conhecido de Rocío — baixou a persiana, aumentou o som e liberou o cigarro; apareceram comidas, um bolo em forma de coração. As garotas dançaram um pouco, Alicia não voltou a ouvir a voz dele, Paola disse que ia sentir sua falta, por um momento imaginou que o contrato que não renovariam era o dela, e não o seu, mas, por outro lado, que sacanagem, a outra tem mãe e filhos na Bolívia. Quando subiram a persiana, Alicia lembrou que tinha um longo caminho de volta para casa; foi ao banheiro para pensar no que fazer, talvez pegar um ônibus noturno até Cibeles e de lá outro até em casa.

Ao sair, voltou a se deparar com ele: encostado num carro, nervoso, brincando com o cordão da malha do moletom, Nando fingia consultar o celular, mas procurou o olhar de Alicia, assim que a ouviu perguntar para Rocío onde ficava o ponto de ônibus.

— Olha só, você vai levar séculos para voltar com o noturno. Pode ficar em casa, se quiser, e ir embora quando acordar. Eu durmo no sofá, não se preocupe.

Alicia teve preguiça do seu tom lamuriento, da sua estratégia de se afastar do grupo para forçar a intimidade, mas mesmo assim aceitou o convite para se poupar das horas que teria pela frente, de ônibus em ônibus, dos bêbados que insistiriam em falar com ela, do medo de encarar sozinha, de noite, as ruas até o apartamento. Ele não se despediu dos amigos e depois de alguns passos indicou é aqui, e Alicia reconheceu o portão de um ano atrás. Enquanto subiam as escadas, ela pensou que nunca tinha trepado duas noites com o mesmo homem, porque se existisse qualquer conexão — uma colega de apartamento ou do trabalho —, ela pedia que nunca passasse seu telefone para o tal sujeito, e sempre tratava de sumir enquanto ele ainda estava dormindo. De repente teve vontade de experimentar: as marcas de sol em suas panturrilhas firmes, as marmitas vazias empilhadas esperando que ele visitasse a mãe.

Como conseguir isso? E se ele a rejeitasse? Talvez o convite dele fosse sincero, e depois de sua fuga Nando só quisesse mesmo lhe dar guarida até a hora de o metrô abrir; Alicia nunca tinha recebido um não e nunca tinha subido as escadas sem pelo menos um beijo antes, no bar, ou uma mão por baixo da roupa. Nando perguntou se ela não queria beber algo e lhe ofereceu um copo d'água, outra cerveja, era só isso que ele tinha. A disposição dos enfeites no móvel era a mesma, mas ele tinha trocado a foto da garota loira por uma foto dele com uma mulher mais velha, Alicia imaginou que fosse a mãe, no mesmo porta-retrato. O nariz de Nando, o cabelo curto tingido de ruivo vibrante, uma praia ao fundo. Nando trouxe duas latas, Alicia abriu a dela, deu um gole. Perguntou o que ele fazia da vida, e Nando respondeu que trabalhava num depósito — não entrou em detalhes — numa zona comercial ali perto, ia e vinha de ônibus; o tio dele era encarregado das entradas e saídas de pedidos. Quando esse tio se aposentasse, Nando ocuparia seu lugar, e ele imaginou uma estranha monarquia hereditária de notas de transporte. Alicia não disse mais nada sobre si mesma: bastava a informação daquela primeira noite. Virou-se para ficar de frente para ele, ele continuou de frente para a televisão, fitando a tela desligada enquanto respondia. Ela se inclinava para escutá-lo e ao mesmo tempo escutava a tensão crescente do seu próprio corpo. Não tinha a ver com desejo, muito pelo contrário: Alicia notava seu medo. Nando disse que não entendeu por que ela tinha ido embora daquele jeito, sem se despedir, porque foi bom, eles conversaram sobre coisas que pareciam importantes, e durante várias semanas ele ficou se perguntando se teria feito algo de errado ou dito algum absurdo. Alicia se segurou para não rir imaginando sua angústia em meio às fitas de embalagem, pensando no apoio que os ciclistas do grupo deram ao vê-lo abatido, e percebeu que ele a incomodava porque falava demais, na sua cabeça o zum-zum da sua voz, palavras soltas: primeira, ex-namorada, também não, nenhuma, então, e ouvir "então" fez Alicia sentir um estremecimento, e então quero dormir com você, disse, quero dormir com você hoje. Nando se levantou, pegou na mão dela e a levou até o quarto, príncipe encantado da silver tape. Depois, o de sempre: alguém tira a roupa de alguém, alguém morde o pescoço ou o ombro, alguém geme, alguém repara na textura rugosa da parede, alguém goza, foi bom para você, foi, sim. Alicia fechou os olhos para tentar dormir e notou como Nando deslizava um braço por baixo de suas costas, o outro sobre seu peito, o corpo de lado e a boca perto do seu ouvido.

— Alicia, eu só vou te pedir uma coisa: que você me trate com carinho.

Ela achou aquilo tão ridículo que resolveu ficar até depois do amanhecer e inclusive passar o dia lá com ele. Nando primeiro telefonou para o pessoal do clube de ciclismo para avisar que não o esperassem, porque na noite anterior tinha ido a um aniversário, e mandou uma mensagem para a mãe dizendo que iria visitá-la no dia seguinte, que não se sentia bem depois da festa. Transaram várias vezes e conversaram muito sobre tudo: o ciclismo, o depósito, os amigos do colégio, a doença do pai e a morte do pai, a alegria quando conseguiu o financiamento para o apartamento, uma viagem maravilhosa aos Pireneus, a desorientação quando ela decidiu romper com ele. Alicia achou engraçado que ele usasse essa palavra, não dor nem raiva, mas desorientação: o amor como um mapa. Ele a acompanhou até o metrô e ela passou o número de telefone — o número certo — ao se despedir. Nando lhe mandou uma mensagem perto da estação Ventas dizendo que já estava com saudade dela e ligou na terça. No sábado se encontraram em La Latina, resolveram dividir um táxi até a casa dela: a primeira vez que Alicia dormia em sua cama — em sua própria cama, não na dele — com um homem. Não entendia muito bem: se quando transavam ela fechava os olhos para não vê-lo, se escutando suas histórias tinha vontade de rir, por que durante a semana Alicia pensava no que ele estaria fazendo, respondia às suas mensagens imediatamente? Sentia por ele um desprezo que, de um modo perverso e delicioso, chegava às raias do carinho. No fim de semana seguinte, em sua casa, Alicia lhe contou que seu contrato não seria renovado, que não tinha achado nada e que ia devolver o apartamento, caso ele soubesse de um quarto para alugar. De jeito nenhum: Alicia ficaria com ele até que a chamassem para outro trabalho e ela pudesse arcar com um aluguel sozinha. Levaram suas roupas e uns poucos móveis até a casa dele, e Alicia começou a esperá-lo no ponto de ônibus, a caminhar a seu lado pela rua Alcalá, a reconhecer o cheiro de sua merda de manhã. Ela levou quase um ano para arrumar outro emprego, graças a um amigo do tio de Nando. A essa altura ele já estava apaixonado por ela, que de sua parte não aguentava mais delimitar bairros e definir metragem mínima e valor máximo nos sites de busca de imóveis. Depois de um ano, um ano e meio, Alicia nunca consegue especificar, não sabe quando, ele a pediu em casamento e ela relutou, mas entende que é assim: se ela quer conseguir algo, deve oferecer algo em troca. Disse sim.

Quando Alicia caiu em si, já se transformara na própria mãe: as pulseiras douradas, lembra-se cada vez menos do seu rosto e cada vez mais do tilintar nos seus pulsos. Como estará Carmen? Será que já se acostumou a fazer grão-de-bico com espinafre de segunda a sexta-feira e churrasco aos domingos? Será que em algum momento ela se arrepende de algo?

O casamento não amansou Alicia: no início, quando Nando insistia em saber o que tinha acontecido com a mãe e a irmã dela, Alicia, para não mentir, respondia que nada. Não tinha acontecido nada. Às vezes dizia que não curtia muito conversar com elas, e ele se irritava com a resposta, porque ninguém curte muito conversar com a mãe e com a irmã: você não vai tomar umas cervejas com elas, não é para elas que você conta seus segredos. Nando a encorajou a convidar o tio Chico para ir a Madri, para que ele o conhecesse, e a reação de Alicia foi espaçar os telefonemas cada vez mais, um a cada quinze dias, um por mês, um a cada dois ou três meses. O contato com a família de Nando era inevitável: ela suportava alguns dias na praia com a mãe dele — o irmão levava a própria vida —, mas pedia para

Nando que nos primeiros dias ficassem só eles dois. Se a mãe reservava um apartamento por uma semana, eles viajavam no domingo e Alicia só na quarta ou na quinta. Assim vocês podem se curtir um pouco, Alicia dizia para a sogra, que ficava sem resposta. Nas primeiras férias juntos, Nando propôs a ela um trato: uma semana, os três em Oropesa, outra semana nós dois. Ela negociou: vão vocês antes de carro, eu vou de ônibus no meio da semana, no domingo sua mãe volta com seus tios, você e eu vamos para outro lugar. Nando aceitou.

Ele viajou no domingo, e Alicia reservou a segunda-feira para ela: desligou o celular, acordou depois do horário normal, comeu uma pizza congelada no almoço e tirou um cochilo à tarde. Depois tomou banho, pôs um vestido florido que tinha ganhado de Isabel — ficava grande nela, perfeito em Alicia — e caminhou rumo ao sul durante quarenta, cinquenta minutos. Identificou a estação de metrô de San Blas e procurou um bar para tomar alguma coisa: uma cerveja, uma *tapa*. Sentou-se a uma mesa na calçada e tomou outra e mais outra; quando anoiteceu, passou para o balcão e reparou no garçom. Não o rapaz que servia as mesas de fora, quase um adolescente, de cabelo crespo; o mais velho, quarenta e poucos anos, costeletas largas, sobrancelhas grossas quase unidas. Alicia não reconheceu seu sotaque porque disfarçava a pronúncia para ocultá-lo: como se tivesse vergonha de comer o "s" do plural, de revelar a origem que come o "s" do plural num esforço igual ao dela. Foi o primeiro detalhe que a atraiu. Depois a conversa, claro: o empenho em demonstrar que o mundo inteiro tinha se sentado na mesma banqueta que ela ocupava nesse momento, os donos do mundo bebendo espuma num botequim de San Blas. Alicia sabia bem toda a sequência, não tinha perdido a prática: escutou com atenção, parou de beber e comeu mais um pouco — às vezes, quando estava desempregada ou com o dinheiro curto, costumava fazer isso nos bares para economizar —, quando o garçom fechou, perguntou se ela queria comer alguma coisa na cozinha, embora todos já tivessem ido embora. Alicia voltou para casa e no seu pesadelo a terra cheirava a fritura. Na terça de manhã, limpou cada um dos cômodos, ligou o celular e recebeu um único SMS: Nando, na segunda à noite, dizendo que a amava. Ela respondeu que também, abriu as janelas da sala e abriu as cortinas para arejar melhor.

Acostumou-se a repetir essa rotina de vez em quando. Nesse parêntese das férias que reservava para si mesma, quando Nando e a mãe a deixavam sozinha: alguns anos, de domingo a quarta, todas as tardes; outros, apenas uma, conforme a vontade. Aproveitou quando o tio de Nando foi internado e ele teve que passar algumas noites no hospital; aproveitou todas as vezes em que ele viajava por alguns dias, emendando o feriado ou pedindo uma folga no depósito, para uma excursão de cicloturismo com os amigos do clube. Um cliente que não se importava de voltar para casa um pouco mais tarde ou um homem em quem Alicia reparava no metrô, que ela abordava perguntando se não se conheciam de algum lugar, de algum encontro anterior. Nunca fazia essas coisas quando Nando a esperava em casa: não por receio de magoar, mas por comodismo.

Agora que Alicia está com trinta anos, deixará aos poucos de ser o golpe de sorte de um homem; se quiser manter seu status, deverá aumentar o limite de idade e rebaixar suas exigências. Notou isso a partir dos vinte e cinco, e também quando ganhou um pouco de peso: as primeiras reações começaram a demorar além da conta. Por isso recuperou os primeiros impulsos, que ela reprimira por vergonha: não a gagueira de Miguelín nem a psoríase de Juan Antonio López, mas sim o garoto da classe ao lado e seus dedos unidos pela pele, o rapaz sem pernas abaixo do joelho que almoçava no restaurante. Alicia preferia de longe a mediocridade: excitar-se com um defeito físico era um fetiche muito evidente, ela não se acha brilhante, principalmente levando em conta sua biografia, mas respeita a inteligência que lhe permitiu sobreviver. Aquele pobre--diabo da faculdade, Diego, empenhado em esconder onde trabalhava, apesar do seu fedor de peixe, e em recitar os quatro ou cinco nomes de famosos diretores clássicos de cinema, exibindo-os como se só ele tivesse acesso aos complexos segredos de sua arte. O próprio Nando e seu ridículo prazer de montar numa bicicleta todo domingo de manhã, acompanhado por um pelotão de homens insípidos como ele mesmo. Era isso que interessava a Alicia: que alguém sem interesse fingisse ser quem não era, que se esforçasse até a caricatura. Isso. Mas com o passar do tempo esses homens absurdos não se interessavam por suas mãos enrugadas, uma mancha que aparece no rosto, as bolsas nos olhos; eles também têm suas rugas e suas manchas e suas bolsas, mas se aceitam uma mulher como eles preferem que seja dócil, que aceite suas exibições sem ironia. Alicia entendeu que não é fácil encontrá-los, por isso, como não tem tempo a perder, prefere apostar no seguro: homens que beiram a idade que seu pai teria agora, homens da idade dela ou um pouco mais velhos com um defeito físico evidente, desses que na adolescência ela observava e ao mesmo tempo descartava. Uma manqueira severíssima, um tique que dificulta a fala. Não quer os doentes; não por enquanto.

Em alguns momentos Alicia teve a impressão de detectar alguns de seus traços, de Eva, da mãe ou do tio Chico na mulher sentada à sua frente no metrô, na avó que na estação comprava um pirulito para o neto. Os sobrenomes do tio Chico são tão comuns que, se Alicia resolvesse procurar a mãe da mãe dela, chegaria a dezenas de resultados. E se a desapontar? E se o modo de ser for transmitido pelos genes, como a cor dos olhos ou a forma da boca?, Alicia se perguntou nos primeiros dias de sua vida em Madri, fantasiando com a possibilidade de se cruzarem; logo teve assuntos mais importantes com que se preocupar, esqueceu aquilo. A vida inteira ela vem se perguntando: por que fazemos o que fazemos? Talvez devesse ter estudado filosofia, ela ouve o homem dizer enquanto pensa, não sabe se conselho ou recriminação. Por que subi aquelas escadas e pedi para dormirmos juntos? Para onde vou se isso acabar? Isso já teria acabado se eu tivesse para onde ir, isso nem teria começado se na época eu tivesse para onde ir. A vida inteira ela vem se perguntando: por que meu pai se matou? Meu pai se matou por dinheiro? Meu pai se sentia incapaz de saldar suas dívidas, de pagá-las e seguir em frente? Sua mãe conseguiu fazer isso com relativa facilidade: engoliu o orgulho e começou de novo. Ou seu pai fez aquilo porque o apavorava reconhecer diante de sua mãe que a vida que lhe prometera tinha os alicerces tão frágeis que desmoronaria antes mesmo de ser vivida? Que porcentagem de culpa ele teve, corpo de homem que manca? Que porcentagem teve sua mãe? E Eva e ela? Eva, que exibia com inocência sua casa de mil televisões para as meninas pobres, que alegria Alicia percebeu nelas ao reconhecer as palavras de sua mãe, que vidas felizes intui que tenham por pensarem em como Alicia caiu e Eva caiu e Carmen caiu. Quando era pequena, Alicia se postava bem no meio da sala para olhar para fora sem ser vista: queria saber o que estava acontecendo para evitar que uma catástrofe a pegasse de surpresa, mas não queria que nada daquilo — as brincadeiras das crianças, os passeios das colegas da escola, os adultos voltando do trabalho — a incluísse. Que sua vida transcorresse toda naquele espaço minúsculo, suficiente para uma menina de onze, doze, treze anos; sem precisar comer nem dormir, nem conversar com ninguém, só vendo a realidade sem mergulhar nela. Mas esse desejo foi rompido por sua mãe, suas mãos macias de nunca querer trabalhar, a ambição de ter mais do que podia e de ocultar — as sacolas do El Corte Inglés, a maquiagem comprada em viagens de fim de semana a Madri e Barcelona — o lugar de onde vinha, o quarto dividido com o tio Chico e a tia Soledad, os hábitos de quem não teve nada e de repente não tem tudo, mas quase: um sapato que você estreia no mesmo dia em que tem que encarar uma caminhada; um sapato lindo de morrer, mas que não encobre a dor das feridas que provoca ao andar. Aquele ponto exato da sala a um passo da adolescência: era lá que Alicia queria estar, no tempo em que a aguardavam noites sem pesadelos, garotos bonitos que em seus sonhos a beijavam, casas imensas que habitava em seus sonhos.

A alegria

Madri, 1998

Ele sempre escolhe o assento do corredor: no ônibus, no trem, no avião, espera em silêncio que María se sente junto à janela, e só então imita seu gesto e larga o corpo. Permanece tenso quando não controla o movimento do veículo e, se não é ele quem dirige — até num deslocamento de poucos quarteirões dentro do bairro —, sempre se nega a conversar durante a viagem, como se qualquer ruído inesperado o alertasse de um descuido: o ronco do motorista dormindo ao volante, o chiado de um vagão soltando-se dos demais. Se María faz algum comentário sobre o tempo, pergunta se ele quer um sanduíche, diz pelo jeito vamos chegar atrasados, Pedro pede silêncio pondo um dedo sobre os lábios, às vezes até faz psiu, mesmo correndo o risco de com isso abafar o aviso do acidente; portanto, quando viajam para fora da cidade, María sempre trata de pôr na bolsa um livro, uma revista de palavras cruzadas. Com o passar dos anos, ela aprendeu a ficar quieta nessas circunstâncias, embora também tenha se acostumado a falar muito em outras. Os amigos de Pedro comentam como ela bate de frente, bem nas barbas dele; a piada seria mais engraçada se ele não fizesse a barba todos os dias, antes do café. A essa altura, as metáforas são insuficientes para María: prefere contar o que acontece do modo como acontece.

Numa noite estão voltando do cinema: aproveitaram o dia de ingresso mais barato, caminharam vinte minutos até o ponto final, pegaram o ônibus direto para casa; Pedro viaja em silêncio, incomodado com as conversas dos outros passageiros, porque não o deixam prestar atenção nos descuidos do motorista. Quando o ônibus freia diante de um semáforo no amarelo, Pedro cerra o punho e dá um soco na coxa e, quando para de repente num ponto — porque uma moça deu o sinal em cima da hora —, deixa escapar um "Que é isso!" que surpreende María. Não sabe se gostaria que, em vez de descer no seu ponto, ele propusesse descer no ponto dela para acompanhá-la até em casa, e jantar algo rápido, e ficar para dormir. Ela prefere assim: eles sempre moraram separados, primeiro porque ele se negava a envolvê-la no cuidado de sua família, um e outra e outro doentes, quando mal se conheciam; depois, porque ela mesma não concebia cuidar de pessoas com as quais, na verdade, não tinha nenhuma ligação. Ao trocar as fraldas da mãe de Pedro, ela se lembraria daquelas primeiras semanas em que trocara as fraldas da filha? E se por acaso se esquecesse de dar ao irmão de Pedro alguns dos comprimidos que ele tomava para conter as crises? Provocaria um surto? Ele desataria sua violência contra ela? Aquilo que evitamos presenciar não existe: Pedro dando de comer ao pai, carregando a mãe nos braços ou esquivando uma investida do irmão. Ele contava essas coisas com a naturalidade de quem relata um dia tedioso, acordei, trabalhei oito horas, jantei uma omelete, meu irmão me ameaçou com uma faca porque faz várias semanas que esconde o comprimido num canto da boca e depois cospe quando não estou olhando, enquanto minha mãe reclamava que estava molhada de xixi, enquanto meu pai limpava um fio de baba escorrendo da boca. No início ela até os visitava um domingo ou outro, mas acabou obrigando Pedro a se encontrarem longe deles. Alguns minutos de caminhada forçavam a distância: pai, mãe, irmão, figuras que María acabava reconhecendo graças a algumas imagens; sabia que existiam, mas nos relatos de Pedro ela os interpretava quase como personagens de ficção, um pai doente e uma mãe doente e um irmão doente, como nos filmes.

Nas conversas com Chico, Carmen atravessa na ponta dos pés, um corpo que nunca se materializa: Pedro também nunca a menciona, e até o incoda ouvir esse nome numa conversa alheia, que alguém o pronuncie aos gritos na rua. Depois do casamento, Chico tentou forçar um ou dois telefonemas por ano, coincidindo com as visitas de Carmen, avisando María a que horas devia ligar para encontrá-la em casa: Carmen então lhe dizia que continuava casada, enumerava filhas e gestações, conquistas do marido e, por extensão, dela mesma. Dois ou três minutos, se tanto, sua voz cada vez mais séria, menos conhecida, até que acabou, uma ligação, nenhuma, o silêncio. De vez em quando, Chico encaixava algum comentário na conversa: andava preocupado porque Carmen não trabalhava e dependia demais do marido, dizia que todos comentavam que Eva se parecia com ele no jeito de ser, mas que ele tinha um fraco por Alicia, a mais velha. Não um fraco, explicou uma vez: curiosidade. Curiosidade pela adulta em que ela está se transformando. Não de uma hora para outra, não. Às vezes tenho a sensação de que ela de repente volta atrás no tempo, de que estou falando com uma garotinha que titubeia porque não sabe nada da vida, mas que faz isso para tomar impulso: na frase seguinte, ela já vira uma igual. Acaba de fazer treze anos, mas pensa como uma mulher de quarenta ou cinquenta, é assim que ela age, e ao mesmo tempo escolhe palavras que não destoam numa garota da sua idade, para chamar a atenção, nem de mais, nem de menos. Não se importa com a solidão. Rejeita as pessoas que se aproximam dela. Trata a irmã com desdém. Não entendo que motivos ela tem para se comportar assim, o pai trabalha o dia inteiro para ganhar dinheiro, elas têm tudo o que querem, por isso mesmo me pergunto de onde vem essa atitude e aonde ela vai chegar assim.

— Quanto tempo faz que estamos juntos, María?

María estranha a pergunta e intui que ele pretende algo mais. Pedro sabe a resposta melhor que ela: ele comemora cada ano que estão juntos, nunca se esquece do aniversário dela e recita de cor a data de uma remota viagem à praia. Vinte e muitos anos, ela pensa, surpresa por ele mudar sua atitude de sempre e falar no ônibus.

— Um tempão, não é?

— Vinte e quatro anos.

No silêncio de Pedro há espaço para María imaginar: enquanto ele pergunta e ela calcula, ele detalha, e o ruído de sua boca — mais o ruído que aflora na boca de María — distrai o motorista e desperta sua superstição. O motorista não se dá conta — é de noite —, talvez alguém tenha atravessado sem olhar direito de um lado e do outro, o baque de um corpo contra o vidro do ônibus, sangue negro na sarjeta; ou alguém que atravessa com muita pressa para chegar em casa ou fugir de casa — um trecho pouco iluminado —, uma brecada que evita o acidente fora do veículo, uma mulher sem a força suficiente para se segurar e não cair, o baque de um corpo precipitando-se no chão do ônibus, sangue vermelho tingindo seus passos. María preenche assim o silêncio com que Pedro lhe diz é sua vez, você tem que responder alguma coisa. Ele retoma o discurso já ensaiado em casa.

— Faz muito tempo que estamos juntos. Não somos mais adolescentes, María. Essa situação não faz sentido.

A luz dos postes rebate na lataria dos carros e de vez em quando um clarão ilumina uma caçamba de lixo, alguém passeando com um cachorro; lá fora não há nada além da noite, mas María olha pela janela, concentrada, procurando alguma coisa, sem saber o quê: evita Pedro e o que Pedro tem a lhe dizer. Uma vez a cada tantos dias, ele toca de leve no assunto: domingo, no bar, durante o almoço, falando da comida que os dois poderiam preparar em sua própria cozinha; quinta ou talvez sexta, quando se despedirem de Víctor e sua mulher, que voltarão para a casa deles, enquanto Pedro e María se abraçarão para voltar cada um para a sua. Primeiro morreu a mãe de Pedro — muito antes, o pai —, faz exatamente um ano, nos primeiros dias do verão passado; o irmão, no início janeiro, minado pela medicação. Nas noites seguintes à sua morte, María sugeriu a Pedro que não voltasse logo para sua casa, e ele se instalou na dela: uma mala cheia de cuecas, meias e camisas, algumas calças, a estranha sensação de se deitarem juntos e acordarem juntos dia após dia. Depois de algumas noites, María já evitava as conversas de antes de dormir e tratava de se levantar mais cedo. Pedro percebeu, enfiou a roupa suja num saco e fez o caminho de volta. Alguns fins de semana, ele forçava a convivência e lhe fazia a proposta: agora que ele estava livre das suas cargas, por que não moravam juntos?

No bolo de aniversário de María escreveram "Felicidades, Mamãe!". As letras de chocolate desenhadas com caligrafia caprichada sobre uma cobertura de suspiro, a primeira camada ressecada quando cortaram os pedaços. Ela estranhou aqueles parabéns, porque fazia muito tempo que não os recebia; outra mulher na sua situação poderia levar a mal, mas ela sabia que quase ninguém ali conhecia sua história e, portanto, devia atribuir o erro mais à ignorância que à má intenção. As mais novas na associação a chamavam de "mamãe" por causa do seu empenho em cuidar delas: quando sobrava um pouco do ensopado de domingo, María separava algumas porções e as congelava, porque sabia que muitas delas não tinham tempo para cozinhar, e quando Elvira perdeu o emprego e teve que devolver o apartamento, ela a acolheu em sua casa. María custou a se adaptar e prometeu a si mesma que nunca mais ofereceria seu sofá, por mais que alguma colega precisasse: era o limite de sua solidariedade. Mas às vezes alguém a procura depois de uma reunião para lhe falar das dificuldades de uma amiga, ou das próprias, e pede guarida. María nunca diz que não.

Passados muitos anos, María tem a sensação de ter ocupado o lugar que lhe pertence: à mesma altura de Pedro. Não com ele, por mais que quisesse, mas em outro espaço semelhante. Aos poucos ela foi se atrevendo a levantar a mão nas reuniões, a evitar ficar com as outras mulheres no bar aonde iam depois: queria dar sua opinião sobre a reivindicação do novo parque à prefeitura, participar da decisão sobre o uso do fundo de solidariedade da associação. Pedro incluído: todos a olhavam com estranheza, como se ela fosse uma extraterrestre. Eu sou uma companheira de vocês, María tentava dizer aos homens; penso como vocês, quero falar como vocês, não sirvo apenas para lhes dar razão. Dizia para si mesma que isso era mentira: de tanto ler e refletir sobre suas leituras, ela pensava melhor que eles, falava melhor que eles, valia mais do que eles. Pedro jurava que não via problema algum nisso, só não gostava que ela o pusesse na berlinda entre seus amigos, que o interrompesse, que dissesse com as próprias palavras, cada vez mais, aquilo que antes ele dizia com as dela: Pedro lhe contou tudo isso um domingo, na cama — ele coberto até o peito, ela nua sobre o lençol —, frisando "meus amigos", para que María percebesse o fosso que havia entre eles e ela. María retrucou. Cadê as mulheres nas reuniões da associação? Algumas até apareciam depois no bar, mas só para acompanhar os homens, apontava; outras não aparecem nem lá. Mas eu não sou como elas, Pedro. Bom, María, isso é o que você acha. Ele fechou os olhos, fingiu cochilar e deu a conversa por encerrada.

Desde que Laura e ela se mobilizaram, conseguiram que a associação lhes cedesse o local durante algumas horas da tarde e reuniram mulheres em número suficiente para engrenar as atividades. María custou a se ajustar aos novos hábitos: dizer não à empresa quando a convocava para alguma jornada extra — no início recusava todas, o que a obrigou a reorganizar seu orçamento; depois conseguiu que outras mulheres assumissem o plantão de atendimento, e ela pôde aceitar alguma de vez em quando —, almoçar muitas vezes de pé aproveitando as sobras de outra refeição, correr até a associação para que Laura pudesse voltar para casa. Agora María tem que acordar muito mais cedo, e é cada vez mais difícil para ela abrir os olhos, se espreguiçar, se arrastar até o banheiro; o trajeto até a faculdade é uma longa viagem de metrô, em trens velhos de uma linha lenta, com panes frequentes e muitas baldeações. Faz vários meses que a terceirizada a transferiu para a Escola de Ciências da Informação, e ela gostou da troca dos executivos pelos estudantes: eles jogam papéis no chão e ela recolhe mais pontas de cigarro, mas são tantas as diferenças na paisagem que María escuta agora que ela chega a achar divertido; nem tanto, claro, mas pelo menos a sujeira não a incomoda tanto quanto deveria. María não repara nas fisionomias, rosto após rosto após rosto, porque a partir de certa idade passou a achar todos os rapazes e todas as moças iguais: mas escuta suas conversas, seus comentários sobre as notícias, seu entusiasmo com os filmes que veem — em muitos casos, os mesmos que ela vê: será que eles imaginariam? —, e pelo menos se distrai. Uma hora ela acostuma.

María acaba de comemorar quarenta e oito anos. Quarenta e oito, pensa: mais perto da morte que da vida, comenta com Laura, e Laura ri do seu tom trágico, tão atípico nela. No seu bolo de aniversário escreveram "Felicidades, Mamãe!", e Laura torceu a cara ao ler isso, procurou o olhar de María para dar a entender que não tinha sido ideia dela, que as meninas é que tinham providenciado o bolo. Laura trabalha à tarde e de manhã cuida das questões legais do grupo de mulheres da associação: assessorar uma senhora que quer se divorciar, mas não tem dinheiro; ajudar nas questões de moradia de uma moça que há muitos anos trabalha ali perto, mas nunca foi registrada. Laura deixou o bairro quando se formou, e quatro ou cinco anos atrás, com a crise, voltou para a casa da mãe. Ela vive repetindo, ao falar de si mesma ou de algum caso que acompanha na associação: é uma questão de dinheiro, tudo é questão de dinheiro. Se a gente tivesse dinheiro, não digo de sobra, mas se tivéssemos algum, nossa vida seria mais simples. Mais feliz?, María lhe pergunta às vezes. Você entrar numa loja e poder comprar tudo o que quiser, tudo o que tiver escolhido, sem fazer contas nem malabarismos. Você acha que isso não é felicidade suficiente, María?, completa com um sorriso.

Como explicar a Pedro que não, que não é o momento, que ali — que aqui — no ônibus não é o momento? Quando?, ele devolverá. O tom desmancha a interrogação do advérbio e o envolve em ameaça. Logo mais, na minha casa — María frisa o possessivo: minha casa, o apartamento cujo aluguel eu pago, com o dinheiro que eu ganho, é isso que o possessivo indica —, lá a gente conversa. Aqui parece que você está me intimando, Pedro. Se Pedro levantar a voz, se a agredir com suas palavras, María não poderá descer do ônibus: não nesse trecho. A luz de um poste pisca fraca, e outra, no quarteirão seguinte, nem acende; a rua estreita é toda ladeada de portões recuados, e ela não quer correr riscos. Circulam muitas histórias sobre essas ruas: uma mulher da associação contou que a filha de uma amiga foi pega por ali e arrastada para dentro um desses recuos; outra, que na altura do número 20 um homem com uma faca sai do escuro quando ouve passos de salto alto. Pedro, você sabe que não vou descer aqui sozinha a uma hora dessas, tão tarde. Por isso mesmo que estou puxando o assunto agora, María, ele explicará: porque aqui você não tem como fugir e é obrigada a me escutar.

O que vou te dizer, a hora em que vou te dizer: Pedro calculou tudo, as palavras, os números, as histórias para se justificar. Não estou propondo casamento, María, porque seria uma piada: quando nos conhecemos eu talvez tivesse vontade, porque é o que todo mundo quer, por mais moderno que nos achássemos naquele tempo, não é?, mas eu tinha meus problemas, você os seus, e talvez por isso nos encontramos e ficamos juntos. Agora já temos certa idade, e na nossa idade, vestido branco e festa? Meus amigos vão fazer uma despedida de solteiro? Eles disseram que até seria bom ter papel passado, por causa da Previdência, mas só estou pensando em termos práticos: é ridículo que hoje eu não saiba se vamos dormir juntos, depois de vinte e quatro anos. Sério mesmo que, depois de tanto tempo, para passar o fim de semana na sua casa eu tenho que preparar uma mala? Tudo bem: nada de casamento. Tudo bem: não vamos morar juntos. Mas é tão ruim assim você ver as minhas calças no seu guarda-roupa? Não deixo nem a escova de dentes, María: nem a escova de dentes. Eu tenho que levar de casa no bolso do casaco, ou ficar sem escovar até a volta, ou às vezes usar a sua.

Do discurso de Pedro, María retém os detalhes. As calças dele no guarda-roupa dela, a escova dela contra os dentes dele. Ele, como chamá-lo? Namorado, parceiro, companheiro? "Namorado" parece coisa de adolescente, anacrônico até nos primeiros anos da relação; "parceiro" sugere uma proximidade, uma convivência que ele tenta forçar e ela evita. María recorre a "companheiro" e, quando o menciona, muitas vezes alguém pergunta: companheiro do quê? Do trabalho, da escola?, e dá uma gargalhada. Companheiro de vida, companheiro de ideias, ela explica: sempre que possível, procura evitar a emoção. Um vestido de noiva branco, mesmo que emprestado, como foi o de Carmen: um vestido de noiva para ela, suas rugas e seus cabelos brancos — pensa em tingi-los de uma cor absurda, acaju

171

ou vermelho-vivo; um vestido rodado e rendado, ela na sua idade fantasiada de bolo de suspiro, a primeira camada ressecada, como aquele bolo do seu aniversário. Na despedida de solteiro, aqueles homens organizariam o quê? Em que bar? Por um momento, as mãos duras de Pedro sobre a pele firme de uma garota. A essa altura, a possibilidade, mais que incomodar, reconforta María. Pedro insiste: pense pelo lado do dinheiro, María. É isso que importa, o de sempre: o lado do dinheiro. Hoje a viagem de volta do centro se alonga, como se o ônibus atravessasse o rio várias vezes de uma margem a outra, de outra margem a uma, mas aqui e ali María reconhece um letreiro, alguma vitrine, e assim vai contando o tempo que falta até o apartamento de Pedro e até o apartamento dela. O que Pedro está tentando lhe explicar é que, morando juntos, ela pouparia o aluguel e não precisaria mais fazer milagre com o salário: sabe que é um apartamento antigo, diz, que arrasta muitos cadáveres — um par de mortos no dormitório principal, o pai e a mãe, os dois enquanto dormiam, e um no sofá da sala, na frente da televisão: quando Pedro voltou do trabalho, o corpo ainda quente do irmão, os aplausos do público num programa do canal local —, mas eles poderiam fazer uma reforma, e enquanto isso se instalariam na casa dela. O que Pedro vai dizendo anotou antes no verso dos folhetos xerocados que lotam as caixas de correio, de um lado, o anúncio de um eletricista — Yeison, o telefone, sublinhado "ótimo preço" — e do outro, os motivos mais sentimentais; de um lado, um vidente africano oferecendo serviços de amarração e limpeza de mau-olhado e, do outro, os argumentos econômicos. Pedro conhece bem María e sabe que aceitará sua proposta se a convencer de que morar juntos é o único jeito de ela poupar. Olhe para suas mãos, María, Pedro tinha vontade de lhe dizer: olhe para a pele rachada das suas mãos, nunca vi suas mãos de outro jeito, mas com o tempo foram sendo cobertas de toda a merda dos outros, camada em cima de camada em cima de camada, daquela família e daquela outra família e daquele executivo e daqueles meninos mimados. Sinta suas costas, María, Pedro tinha vontade de lhe dizer: sinta suas costas, que reclamam de tanto você torcer o esfregão, de tanto se agachar para limpar uma mancha no chão, que não sai. María não aguentará muito mais as dores que agora oculta, e na empresa estão demitindo algumas veteranas porque as peruanas aceitam receber menos para trabalhar mais; a indenização é compensada pela economia nos novos salários. Quando você pedir uma licença por doença, quem garante que seu posto não vai ser ocupado por outra mais barata? Sempre tem alguém precisando de dinheiro mais do que você.

Certo, Pedro. Vamos reformar seu apartamento, o apartamento dos seus pais, trocar a banheira por um box, o fogão a gás por um elétrico; vamos morar juntos. E aí, como vai ser? Que espaço eu vou ter lá? A casa inteira, María: o dormitório, o quarto pequeno, a cozinha. Não é isso, estou falando da minha posição no casal. Vou ter que explicar aonde vou, com quem vou, por que um dia volto mais tarde para casa? Você vai tirar satisfações se eu jantar com a Conchita e a Laura, e ficarmos conversando, e eu ficar com medo de voltar tarde, e resolver dormir na casa delas? Vou ter que ligar avisando para evitar uma bronca no dia seguinte? Eu nasci para casar e criar filhos, cozinhar e limpar a casa, e talvez para trabalhar fora quando não estivesse trabalhando dentro; mas minha vida foi por outro rumo, e quero que continue assim.

Claro que essas palavras não soam em voz alta. Ela pensa tudo isso enquanto Pedro desfia seu discurso, vai passando de um argumento a outro: uma única conta de telefone, de água e de luz, uma estação de metrô a menos até o trabalho, economia nas compras por cozinhar para dois. Assim como em

173

muitos domingos você cozinha para você, María, agora cozinharia para você e para mim. A cada palavra, Pedro vai se encurvando, o cabelo lhe cai sobre o rosto, acentuam-se as olheiras: María o vê vulnerável, extremamente frágil, como quando pedia que ela ficasse quieta nas reuniões, que fosse se sentar com as outras mulheres no bar, que o deixasse falar, que parasse de falar.

María se retraiu e organizou com Laura o grupo de mulheres da associação, e muitas noites, quando vê os homens no bar, passa longe deles; intui que Pedro agora precisa que seus amigos o reconheçam de outra forma, não como um homem cuja mulher — namorada, parceira, companheira — o ignorou e se transformou em sua inimiga e recusou uma vida em comum com ele, mas como o homem capaz de reassumir o controle da situação; de dominá-la. Não se trata de dinheiro, conclui María para si; trata-se de poder. De ele provar para seus amigos — María também os confundia com os dela — o poder que tem sobre María. Pedro insiste, gastar menos, economizar, estou falando por você, pelo seu bem; frisa que sua vida — que a vida dele — continuará feliz, igualzinha, com ela ou sem ela em casa, mas a dela vai melhorar, menos despesas, suas mãos e suas costas, você está com quarenta e oito anos. E você com cinquenta e quatro, Pedro; perdeu alguns dentes e insiste em deixar o cabelo comprido para esconder as entradas. Ela não rebate assim, porque se trata de corpos diferentes, porque Pedro insiste em falar da saúde dela, e María atacaria a dignidade dele, e não quer magoá-lo: Pedro não merece que ela o machuque, mas também não merece sair por cima.

— Pedro, é uma decisão muito importante. Gostaria de pensar com calma. Não posso responder aqui, dentro de um ônibus.

Se María aceitar a proposta do Pedro, o que lhe restará? Ela chama de "minha casa" o apartamento alugado — nesse ponto, falseia o possessivo — onde mora; o segundo desde que deixou a casa da tia, e perderá um aluguel razoável e uma proprietária que reage rapidamente aos problemas; nunca pensou em comprar nada porque nunca poderia economizar o suficiente para arcar com a entrada sozinha, e nenhum banco daria o financiamento a alguém nas suas condições, portanto aceita a armadilha das suas próprias palavras, "minha casa", "meu apartamento", alguns cômodos pertencentes a uma mulher que voltou para o interior e que reza para que María ganhe na loteria ou conheça um bom homem e assim desocupe o apartamento, e ela possa aumentar o aluguel. Se ela aceitar viver com ele, terá que se desfazer dos seus móveis, ou de parte deles; não saberá como manter seus livros a salvo dos livros do Pedro. Que casal não obriga suas bibliotecas a se misturar? María precisa conservar os sublinhados, as dobras nos cantos, os bilhetes de ônibus e os ingressos de cinema e de teatro entre suas páginas, para que, ao pegar os livros anos mais tarde, eles mesmos lhe digam em que tempo foram lidos. E se exigir que Pedro deixe o quarto pequeno para ela? Chico só a visita uma vez por ano, com sorte; não precisa de uma cama para ele. Talvez possa instalar uma poltrona confortável para ler ali, e não no sofá ou na cama. O que restará a ela se perder sua casa que é de outra, seu apartamento que é de outra? Mas e se a convivência não der certo, e uma longa relação pacífica for pelos ares ao se encaixar nos padrões? Nos padrões, repete com espanto; para María, nada em sua vida lhe parece estranho, apesar dos comentários que escuta ao explicar que sim, que eles estão juntos há tanto tempo, que moram separados, que não pensam em mudar isso. E se ela se irritar porque ele não abaixa a tampa da privada, ou porque deixa o pote de gel aberto? Nos filmes, isso vive acontecendo. Terá que começar de novo, procurar outro apartamento, comprar outros móveis, aprender outro trajeto até o metrô? Vai valer a pena ela caminhar da sua nova casa até seu antigo pedaço do bairro para comprar no mesmo açougue, na mesma quitanda? Será mesmo que eles precisam mudar tudo a essa altura? A questão é o dinheiro, pensa María, e a questão é o poder. Isso repica dentro da sua cabeça; fora dela, no ônibus, Pedro continua sua ladainha sobre a convivência, o dinheiro que vão economizar, o corpo de María que envelhece, e se esgota, e se desgasta. Na rua, lá fora, nos lugares em que María repara, acontecem outras coisas: conforme o ônibus se aproxima do seu destino, a rua se alarga em avenida e se ilumina — vários postes de luz em poucos metros de calçada —, e alguns bares até puseram mesas na calçada antecipando o verão. Ela bem que desceria para beber alguma coisa, pensa María, e interrompe a si mesma; se Pedro não tivesse resolvido fazer essa cena agora, ela proporia que tomassem uma cerveja ali mesmo, pedir uma porção de azeitonas, voltar para casa de mãos dadas. Existe outro plano no que está acontecendo: as pessoas que sobem no ônibus escutam uma parte da conversa entre Pedro e María e descem perguntando-se quem são. María se diverte pensando nas histórias que inventarão sobre eles: dependendo da elipse — se entraram antes de atravessar o Manzanares, depois de pegar pela General Ricardos —, o garoto que desligou seu discman para esticar o ouvido contará que o sujeito se divorciou e agora sua amante se nega a formalizar a relação, e aquela mãe com o filho — tentando acalmar o choro da criança, que abafou parte do monólogo de Pedro — não entenderá por que María se nega a economizar o aluguel. O dinheiro, o poder: isso repica na cabeça de María, que de início pensou que Pedro falaria do amor e do afeto, da companhia, da intenção de dedicar a ela os cuidados que antes reservara para sua família. Agora era ela sua família? Quem era a família de María?

Logo pensa em dois nomes: Chico e Pedro, claro. Com seus irmãos mais velhos, ela quase não tem mais contato, reduzido a um telefonema no seu aniversário e outro no Natal, e com Soledad algo desandou quando tudo desandou com Carmen: como se sua irmã se sentisse culpada por não ter conseguido evitar que acontecesse com a sobrinha o mesmo que acontecera com María; como se sentisse que Carmen era sua responsabilidade e que tinha falhado. Elas se telefonam, falam da vida, Soledad até a visitou, mas ela sempre fala com María como se pedisse desculpas. Mais dois nomes: Laura, Conchita. As mulheres da associação que têm mais ou menos sua idade: Maribel, que sabe da existência de Carmen, e Mercedes. Algumas das mais novas, que a chamavam de Mamãe e a escutavam recomendar livros e filmes; até mesmo Elisa, que poucas semanas depois de conhecê-la confessou — envergonhada — achar que ela mentia, ou que as enganava, porque nunca imaginara que uma faxineira pudesse entender aquelas histórias. De um modo casual — foram aparecendo num almoço, numa reunião, na fila do caixa de uma loja — María teceu uma rede na qual se apoiar quando está doente, quando precisa da opinião de outra pessoa.

A questão não é a família nem o amor: é o dinheiro. Pedro ganha mais do que ela, mas não muito — a hesitação dos dois é a mesma na hora de pedir mais uma cerveja no bar —, e ele também não conseguiria comprar por conta própria o apartamento onde mora. Só o recebeu de herança porque seus pais tinham se instalado no bairro quando ninguém recomendava morar lá, e era barato, e os dois trabalhavam. O irmão de Pedro morreu, e Pedro sobreviveu a todos — compradores, proprietários, usufrutuários —, e assim pôde herdar aquele de fundos, minúsculo para quatro e suficiente para um ou dois. Um golpe de sorte: um acaso que lhe dá certa vantagem — certo privilégio — em relação a María. Quais os argumentos de María para negociar? Sua generosidade é um argumento? Seu corpo é um argumento? Como explicar a Pedro que o modo como ele está se oferecendo para cuidar dela não é o modo como ela quer ser cuidada?

— O que você quer conseguir com isso, Pedro?

— Como assim? Você acha que eu quero conseguir alguma coisa? Estou fazendo isso por você. Pensei em tudo isso por você.

— Eu tenho a impressão de que você quer alguma coisa, sim. Tem certeza de não está querendo provar algo para alguém? Que faz tudo pensando em mim?

— María, você já tem certa idade, não pode continuar se comportando como uma adolescente. Você faz as coisas sem pensar nas consequências. Às vezes só complica a si mesma, mas às vezes afeta os outros. Com dezesseis ou dezessete anos, ainda tinha uma desculpa, acontecesse o que acontecesse; mas você não pode agir como se estivesse sozinha. Agora você está comigo: está comigo há anos e anos. Você também vai me apagar como apagou o resto? Não somos uma anotação escrita a lápis num caderno: não basta um gesto para deixarmos de existir. Estamos aqui. Sua filha, suas netas. Seus irmãos. Eu.

— Deixa eu sair, Pedro. Vou descer. Prefiro voltar sozinha para casa.

— Não é o seu ponto, María. Ainda nem chegou o meu.

María se ergue e espera de pé que Pedro se levante, ou pelo menos que afaste as pernas para ela poder passar. Os dois se desafiam enquanto o ônibus avança; María estica o corpo para dar o sinal, avisando o motorista que vai descer no próximo. Finalmente, Pedro cede; apenas um palmo para que María tente sair.

— Nos falamos amanhã, Pedro. Melhor amanhã, mais tranquilos.

Pedro não responde. María já reconhece essa parte do bairro, de prédios um pouco mais altos que o dela, de fachadas sujas: é mais um trecho de ruas mal iluminadas, mas a avenida fica a poucos metros, portanto seguirá até sua casa sem apertar o passo nem olhar para trás para se certificar de que ninguém a segue. Quando o ônibus para, María calcula mal a distância entre o veículo e a calçada, e seu pé direito topa com o meio-fio.

María cai — carne, ossos, cabelos brancos, rugas —, levanta-se com dificuldade, tranquiliza a mulher que correu do último banco do ônibus para ajudá-la. Alguns passos depois, leva a mão ao queixo e sente o sangue escorrendo. Enquanto o estanca com um lenço, o ônibus se afasta, e ela repara em Pedro lhe dando as costas.

Será que elas se parecem comigo? María às vezes sente transbordar o impulso de perguntar ao irmão: alguma delas se parece comigo? Ao pensar nas filhas de Carmen — como utilizar a expressão "minhas netas", se elas fazem parte de uma família que a expulsou? —, María apenas espia o espelho: atribui a elas seus olhos grandes e claros, o queixo dominando o rosto, o cabelo grosso e quase loiro nos meses de verão, a pele tão branca que revela o caminho exato do sangue. Quando aplicam vacinas em Eva, será que as enfermeiras elogiam a facilidade para achar as veias no seu braço? Nas férias na praia, será que Alicia se refugia na sombra com medo de se queimar? Ou será que as duas brincam ao sol, os raios batendo em cheio em sua pele fina? Chico lhe contou que uma delas, a mais velha, evita o contato com as pessoas, enquanto a caçula pega na mão dos estranhos; esses gestos a aproximam de Eva, mas ela gostaria de conhecer Alicia para entender melhor o que Chico lhe conta sobre ela. Quando seu irmão a visita e propõe mostrar a ela alguma foto das meninas, ou quando anuncia por telefone que está pensando em lhe mandar um retrato da primeira comunhão de uma delas, da festa de fim de ano da outra, María diz que não: que prefere não conhecer sua aparência, que prefere ficar apenas com aquele momento de imaginação diante do espelho, seus olhos no rosto de Eva, seus cabelos na cabeça de Alicia. Se eu não as vejo, não existem; se um dia uma delas quiser escutar minha versão da história, vou contar com o maior prazer, mas não pretendo incomodá-las.

María abre a porta de casa; custa a acertar a chave na fechadura, de tão nervosa. O caminho degraus acima é acompanhado pelo som de um telefone tocando; pensa que talvez seja em sua casa, pensa que é Pedro querendo pedir desculpas, resolve não atender. Do outro lado da porta, confirma: é seu telefone que está tocando. Ela se demora, enquanto os toques se estendem até parar; apenas meio minuto, e a pessoa volta a insistir. María o escuta tocar do banheiro, está desinfetando a ferida — agora é melhor ela descer até o portão, repetir o caminho para ver se não o marcou com um rastro de sangue —, pensa que amanhã talvez fosse bom passar pelo ambulatório para que lhe façam um curativo e evitar que a ferida infeccione. A pessoa insiste, telefona mais uma vez, María reclama em voz alta e joga a toalha. Caminha até a sala com lentidão, atende: a voz do irmão.

— Ainda bem, María. Escute. Passei a tarde inteira ligando. Ainda bem que você atendeu. Eu não deveria, mas preciso te contar. Aconteceu uma coisa horrível.

A noite

Madri, 2018

Os passageiros se amontoam na estação do metrô. Alicia custa a atravessar as catracas; não é que os trens para o centro passem cheios, mas é tanta gente descendo na estação Atocha Renfe que ela custa a alcançar o vagão. Amaldiçoa a colega que lhe pediu para cobrir seu horário por um tempo — primeiro por uma hora, depois duas ou três —, porque a amiga que olhava seus filhos não tinha aparecido, e obrigou Alicia a sair do trabalho mais tarde que o normal. Ela sabia da manifestação, tinha visto de manhã as mulheres na Cuesta de Moyano, mas não imaginava que tivesse algo a ver com ela: só quer voltar logo para casa, comprar alguma coisa no mercado para jantar, e que ninguém a incomode. Nenhuma das colegas das outras lojas faltou ao trabalho, uma mulher se aproximou do seu balcão para lhe entregar um folheto — "ESCUTEMOS A VOZ DAS MULHERES!" — que Alicia amassou e jogou no lixo. Cruza com garotas muito novas, de cara pintada e camiseta roxa, carregando faixas; algumas de mãos dadas, alguns rapazes com elas, esbarram em Alicia enquanto ela tenta ocupar um lugar na plataforma. Várias delas desprezam seu rumo contrário, não para fora da estação, e sim procurando a linha azul com destino à Gran Vía, depois a linha verde com destino a Canillejas, depois o sofá de sua casa. Ela não sente a menor curiosidade pelo que está acontecendo lá em cima, mas chega uma hora em que resolve recuar, unir-se a elas, sair do metrô e caminhar até Atocha. Algo a empurra para lá. Da porta da estação avista mais faixas, balões roxos, escuta algumas palavras de ordem nos alto-falantes. Uma garota de braço dado com outra garota a ultrapassa: estou emocionada, confessa. Ao reprimir a gargalhada, Alicia a transforma num sopro. Avança sem saber ao certo para onde. A razão a levaria a recuar até a estação Menéndez Pelayo ou Palos de la Frontera e dali fazer a conexão com algum ponto da linha verde, ou então seguir a pé até a Acacias ou a Puerta de Toledo para evitar baldeações; a caminhada não a atrai, mas também não a incomoda. Segue até a rotatória: de um lado e do outro, mais gente chegando, gente que não se mexe porque a linha de frente da manifestação retardou a saída, ou porque há mais gente que o esperado. Alicia nunca lidou bem com grupos de mais de cinco ou seis pessoas; sentia-se angustiada nas festas, e quando o amigo de alguém se juntava ao seu grupo no bar, fingia dor de cabeça e voltava correndo para casa. Gente à esquerda, à direita; punhos por toda parte. Alicia se lembra do momento em que ficou tonta e caiu? É incapaz de descrevê-lo: o baque do seu corpo contra o chão. A queda é amortecida por um corpo, outro corpo, choca-se com umas e com outras, até tombar no pavimento. Não perdeu a consciência, nem sequer fechou os olhos: cabeças, camisetas, calças, tênis, depois o cinza sujo do chão, depois um vazio ao seu redor. Várias mulheres lhe oferecem a mão, mas uma delas — a mais velha — não espera sua resposta; encaixa as mãos em suas axilas e puxa Alicia para cima. Como não consegue levantá-la, velha sem noção, uma adolescente que a acompanha — Alicia imagina que é sua neta, embora não encontre um único rastro da velha na jovem — a substitui, e várias delas juntas finalmente podem reerguê-la. Até agora Alicia cruzou com muitas garotas bem jovens, alguma da sua idade, mas o grupo que a rodeia é uma exceção: a maioria tem cinquenta, sessenta, ou mais. A velha — sessenta e tantos anos, cabelo tingido, curto como de homem — pergunta se ela está bem enquanto lhe oferece uma garrafinha de água morna, e também lhe pergunta se está esperando suas companheiras. Alicia repara na camiseta da garota, "AS MULHERES DE PAN BENDITO... UNIDAS!", Comic Sans em branco sobre fundo roxo. Responde que não, que está indo para casa; que acabou de sair do trabalho e foi dar uma espiada por curiosidade. "Menos curiosidade e mais sororidade!", escuta às suas costas. A velha tem uma expressão amável, uma verruguinha escura no queixo: Alicia identifica nela alguns dos ecos — as consonantes que somem, as vogais que se abrem — que ela tanto custou a neutralizar. Você pode ficar com a gente, oferece, enquanto Alicia não para de observar seu queixo; não a verruga, mas o queixo.

Uma mulher cai no chão. Deu alguns passos cambaleando, segurou no braço de uma moça que conversava com seu grupo de costas para ela, no ombro de um rapaz que segurava uma faixa, e quando suas pernas fraquejaram, desabou esbarrando em vários corpos. As outras mulheres reagem sem se dar conta, recuam, se afastam quando a mulher tomba no cimento; o corpo, a queda, a fraqueza, geraram uma onda expansiva. María se apressa a ajudá-la a se levantar; ela sozinha não dá conta porque a mulher é muito pesada, e tenta de novo com a ajuda de uma das moças. Acabam conseguindo, porque a mulher se recupera e faz a sua parte. Você está bem? Tome um pouco de água. Está esperando suas companheiras? María encadeia as perguntas. Talvez ela também tenha feito uma longa caminhada de outro bairro, assim como elas, várias horas em grupo desde o sul da cidade, juntando-se a outras mulheres de outras regiões, e ficou para trás, sem bateria no celular, e não consegue localizar as outras.

Na associação acharam a ideia linda: não se concentrarem diretamente na estação, mas caminharem todas juntas partindo do bairro onde moram e no qual trabalham, somando-se a outras mulheres que não conhecem, mas com as quais compartilham horas em associações, preenchendo formulários, procurando soluções para os problemas das demais. Foi assim que Laura apresentou a proposta ao grupo: vamos sair daqui, da praça, da mesma praça onde vamos distribuir panfletos desde de manhã, e vamos explicar nossas reivindicações a todas as mulheres que se aproximarem, e também àquelas que não se aproximarem, e aos homens que quiserem nos escutar. Podemos dar oficinas de empoderamento, sugeriu uma das garotas, e María achou que a palavra poderia afastar algumas mulheres do bairro, pouco habituadas a certas expressões; de modo geral, María tinha a impressão de que suas mensagens muitas vezes não levavam em conta as mulheres do bairro; as mulheres mais velhas, que já não deveriam precisar cuidar, e sim ser cuidadas; as mulheres imigrantes; as mulheres ciganas; aquelas cujos corpos não ficavam bem nas fotografias das atividades compartilhadas nas redes sociais. Mas no fim das contas, pensou, isso também tinha a ver com o poder, e tinha a ver com o dinheiro. Alguém tinha que consegui-lo, garanti-lo, para depois dividi-lo com todas.

A mulher responde que não, que só precisa chegar ao metrô para voltar para casa; ao falar, se esforça em pronunciar bem todas as sílabas, em não omitir um único plural, em não falhar num particípio, com vergonha do próprio sotaque. Quando ela diz isso, é vaiada por várias garotas do grupo, que repudiam sua atitude; mas a essa altura María deixou de escutá-la e a observa: a palidez do seu rosto, que talvez se explicasse pelo mal-estar; os olhos minúsculos e escuros; o físico de quem deixou de se cuidar; a carne volumosa e flácida; o queixo coberto de espinhas, com algum pelo de barba. Por um momento María pensa: o queixo. Os olhos são os que guardo na memória, primeiro os dele, depois os dela: minha vida teria sido tão diferente se nunca os tivesse visto. Não se trata de uma menina: a mulher que lhe devolve a garrafa de água já tem mais de trinta. A mulher faz questão de ir embora, agradece a ajuda; nota certa pressa em sua voz, certo nervosismo. María força uma última tentativa, não para que permaneça com elas, mas para que lhe dê mais algum dado: a idade exata, o nome, a origem que se empenha em ocultar. Meu nome é María, e o seu?, e tenta assim ao menos descobrir seu nome. Talvez se chame Alicia ou Eva; pela idade, deveria ser Alicia, aquela menina tão inteligente e arisca de quem Chico lhe falava, a que pior reagiu à morte do pai. Só que María identifica uma aliança no dedo anular da mão direita; Chico teria lhe contado, pelo menos isso teria lhe contado, acha, por mais que por tanto tempo tenha se negado a saber qualquer coisa das filhas de Carmen. Que ela saiba, nenhuma das duas se casou. A mulher interrompe seus passos, vira-se de novo para María; não responde. María sorri, despede-se dela; deseja-lhe boa sorte. De certo modo, também para si mesma. Respira com certo alívio: não, não é Alicia, não é Eva. Foi uma confusão, só isso.

É sério? No queixo da velha pensou reconhecer o seu próprio, que tanto a incomoda: deixe de histórias, Alicia, diz a si mesma. Quantos queixos moldados sem cuidado ela encontrou durante todos esses anos? Alicia já identificou muitos queixos assim, toscos, e nunca achou que algo a unisse a eles, a não ser aquela peça pregada em seu físico. Enquanto caminha sem rumo, Santa María de la Cabeza abaixo — acabará chegando ao rio, no outro extremo da cidade —, Alicia tenta imaginar a cena em que seu pai quase adolescente convence sua mãe, ela sim adolescente, de que dar à filha o nome da mulher que ela mais odiava talvez não fosse uma boa ideia: Alicia teria se chamado María se sua mãe não cedesse. Então, para ser coerente, o bebê dos seus pensamentos deveria se chamar Carmencita, o nome da mulher que destruiu sua vida: monstro avarento, quem pagava a roupa que ela vestia e a comida que ela comia era o pai de Alicia com seu suor e com o sangue que todas as noites lhe mancha o terno em sonhos. A vida de Alicia teria sido boa: educação privada num bairro bom, universidade de elite, trabalho garantido nos negócios da família. E agora, no que consiste?, ela se pergunta enquanto se aproxima de um sujeito que está olhando o celular sentado num banco da calçada, se esse aí não lhe der atenção só lhe restará descer até Marqués de Vadillo, para ver o que consegue por lá. É disso que ela precisa agora: outro nome, uma profissão diferente, divertir-se por algumas horas, depois é só inventar uma desculpa qualquer para Nando. Alicia repete, repete, repete: seja você quem for, velha, para você eu não sou ninguém. Me apague como se eu estivesse escrita a lápis na margem de um folheto de ofertas do supermercado: um gesto, e eu deixo de existir. Velha, seu sotaque, seu queixo: eu não existo.

Quando Alicia abre a porta de casa, Nando já está roncando estatelado bem no meio da cama, abertas as pernas e os braços abertos, como se apontasse o rumo: fora daqui. Primeiro Alicia aproveitou o atraso da colega e mentiu: enviou para o marido um WhatsApp dizendo que, como não tinha encontrado ninguém para cuidar dos filhos, a outra lhe pediu que por favor a substituísse. Cuidado para não ser boa demais, alertou Nando; se você aceitar uma vez, o que vai dizer nas próximas? Uma por todas, todas por uma, respondeu Alicia, com um emoji prodigioso que lhe mandava um beijo e um coração ao mesmo tempo. Às dez já deveria ter respondido, já deu a hora, quando você sai?, está tudo bem?, aconteceu alguma coisa?, vou te pegar no metrô. À meia-noite, desligou o celular, para que nem sequer se iluminasse a tela cada vez que Nando ligava. Alicia não sabia como mentir: fedia a álcool e esperava que não a vômito, apenas duas golfadas na privada. A mulher tirou a roupa e tentou aproveitar o mínimo espaço que restava ao lado dele. Nando acordou: afastou o corpo e cedeu metade do colchão. Alicia, lembra a segunda vez que você veio aqui em casa? Lembro, ela respondeu. Eu pedi que você me tratasse com carinho. Era sua parte no trato, e você não está cumprindo.

Aquela moça que caiu em Atocha perto do nosso grupo, pensa María. Que estranho: no início seu jeito de falar me chamou a atenção, escondendo o sotaque; era evidente que ela forçava o *s*, o *d*, e me deu pena que ela tivesse tanta vergonha do lugar de onde vem. Mas depois reparei no seu queixo, a mesma forma tosca do meu. Calculei sua idade e pensei que poderia ser minha neta mais velha. Não sei nada dela: eu mesma pedi para meu irmão não contar, não me mostrar nenhuma foto. Eu nunca a procurei, mas de repente: talvez justo hoje, de repente, tínhamos que nos encontrar. María escutou suas companheiras, tentou se distrair. Levaram horas para chegar ao final da manifestação, e quando os grupos de mulheres dos bairros mais distantes do centro desembocaram na Plaza de España, já não havia mais luzes nem música. Muitas delas se queixavam do cansaço, da dor; outras insistiam que não deveriam nem sequer usar o transporte público. María então lhes contou: eu trabalhei vários anos aqui ao lado, num apartamento, como empregada de uma mãe e uma filha. A mãe morreu quando eu estava sozinha com ela, no dia do enterro do Franco, e a filha lá no Valle de los Caídos. E aí, María, o que aconteceu? Nada. Fiquei mais algumas semanas, e aí a filha não precisou mais de mim. As mais novas voltaram a pé, várias horas até chegar em casa. María, Laura e mais algumas subiram até a Argüelles para pegar o metrô; greve de consumo, tudo bem, mas não que a greve me consuma, queixaram-se. E se fosse ela, perguntou-se María, eu estaria disposta a mudar minha vida por causa de alguém quem não conheço? María pensa no dia de hoje: o que vale para mim é o dia de hoje. E conta quantas estações faltam para chegar em casa, convencida de que não, tem certeza: não. María fecha a porta de sua casa: acende a luz e se demora em percorrê-la, cômodo por cômodo. Ao renovar o último contrato, brincou com o proprietário, o neto da mulher que lhe alugou o apartamento: quando você mostrar o apartamento para o próximo interessado, vai poder contar que a inquilina anterior se comportou tão bem que você a deixou morrer aqui. Ele tentou ser espirituoso, dizendo: daqui a muitos anos, mulher. Sua cadela na sala, velha e cansada como ela; decidiu chamá-la Leidi. Já reformou o sofá várias vezes, e no Natal passado trocou a televisão, um capricho; o dormitório permanece idêntico faz anos, décadas, sem um único enfeite sobre a mesa de cabeceira. Na sala montou estantes para sua biblioteca: ela se orgulha de pagar por seus livros, exibi-los a quem entra em sua casa. Sua vista está cada vez pior, e sofre com as letras miúdas. Tudo o que aconteceu, valeu a pena? Tudo, desde o começo: sem tirar nada. O dia de hoje, por exemplo: até mesmo voltar para casa, fechar a porta, acender a luz da sala. O aluguel do seu apartamento minúsculo. Seu sofá. Sua estante. Sua televisão. María se senta para descansar.

La traducción de esta obra ha recibido una ayuda del Ministerio de Cultura y Deporte de España.

A tradução desta obra recebeu um apoio do Ministério da Cultura e Esportes da Espanha.

Las maravillas © Elena Medel, 2020
Publicado mediante acordo com Pontas Literary & Film Agency

Todos os direitos desta edição reservados à Todavia.

Grafia atualizada segundo o Acordo Ortográfico da Língua
Portuguesa de 1990, que entrou em vigor no Brasil em 2009.

capa
Violaine Cadinot
obra de capa
Julia GR. *Sisterhood*
preparação
Sheyla Miranda
revisão
Jane Pessoa
Ana Maria Barbosa

Dados Internacionais de Catalogação na Publicação (CIP)

Medel, Elena (1985-)
As maravilhas / Elena Medel ; tradução Rubia
Goldoni. — 1. ed. — São Paulo : Todavia, 2022.

Título original: Las maravillas
ISBN 978-65-5692-238-6

1. Literatura espanhola. 2. Romance. 3. Ficção
contemporânea. 4. Relações familiares. 5. Maternidade.
6. Espanha — História. I. Goldoni, Rubia. II. Título.

CDD 860

Índice para catálogo sistemático:
1. Literatura espanhola : Romance 860

Bruna Heller — Bibliotecária — CRB-10/2348

todavia
Rua Luís Anhaia, 44
05433.020 São Paulo SP
T. 55 11. 3094 0500
www.todavialivros.com.br

fonte
Register*
papel
Munken print cream
80 g/m²
impressão
Geográfica